SIREN SONG GONE WRONG

Edizione italiana

WICKED GOOD MYSTERY SERIES

LUCY MAY

«Le Parche e le Furie, così come le Grazie e le Sirene, scivolano a mani intrecciate sulla vita.» -Jean Paul Richter

NOTA AI LETTORI

Ogni titolo della serie Wicked Good Mystery può essere letto senza aver prima letto gli altri titoli della serie. Tuttavia, incontrerete riferimenti agli eventi delle storie precedenti. Se volete godervi tutto il mistero, la magia e il caos, date un'occhiata agli altri libri della serie!

CAPITOLO UNO

MOIRA WICKED

«Allora?» chiese mia zia Lea, tamburellando con un'unghia rosso lucido sul ripiano della vetrina.

Abbassai lo sguardo verso le due collane all'interno della vetrina, entrambe bellissime ed entrambe cimeli di famiglia.

Nel caso te lo stessi chiedendo, pianificare un matrimonio è una vera rottura di scatole. Ed io ero nel bel mezzo di tutto ciò. Mancavano solo quattro settimane alle mie nozze. In questo preciso momento, dovevo decidere quale collana volevo indossare con il mio abito da sposa.

Piccolo vantaggio dell'essere una strega destinata a sposare uno stregone con una cerimonia nuziale avvolta dal destino: praticamente ogni cosa era già stata decisa per me.

Per esempio, avrei indossato l'abito da sposa di mia nonna, che era piuttosto grazioso. Grazie a Dio. Era un abito a guaina in seta color crema, semplice ed elegante. Persino le mie curve non lo riempivano troppo. Ho potuto scegliere le mie scarpe, e quella era stata una piccola cosa divertente. Parlerò di più della storia della mia famiglia tra poco. Dovevo decidere sulla dannata collana.

Lea stava davanti a me dall'altra parte del bancone nel Persnickety Potions & Gifts, il negozio che gestivo per la mia famiglia, i Wicked. Vendevamo pozioni e regali. In questa era moderna, chiamavamo le pozioni "rimedi", che lo erano per definizione. Semplicemente capitava che tutti avessero un pizzico di magia e funzionavano davvero.

Ma mi sto dilungando. Gli occhiali rosso acceso di Lea erano appollaiati sul suo naso e i suoi capelli argentati erano raccolti in uno chignon con delle bacchette rosse abbinate. Ero abbastanza sicura di non averla mai vista mangiare con le bacchette, ma ne aveva in abbondanza per i suoi capelli.

I suoi occhi blu si strinsero. «Non puoi tergiversare su questi dettagli all'infinito. Hai solo quattro settimane. Devo farla lucidare, e tutto deve essere pronto ad aspettarti in Scozia per il giorno della cerimonia».

Trattenni un sospiro e concentrai diligentemente la mia attenzione sulle due collane davanti a me. «Quella», dissi, indicando quella alla mia sinistra. «Adoro le perle, e penso che stiano meglio con il mio vestito. L'altra è un po' troppo elaborata, non credi?»

«Sono assolutamente d'accordo», rispose solennemente.

«Beh, alleluia», dissi roteando gli occhi.

Lea si mise una mano sul fianco e sospirò. «Penso che tutti noi siamo stati molto comprensivi nell'assicurarci che tu ti senta parte di questo processo, cara».

«Considerando che questo sarà il mio matrimonio e la mia unione, sono contenta che tu senta di aver fatto uno sforzo per includermi». Un'espressione addolorata apparve nei suoi occhi, e provai una fitta di senso di colpa. «Sto solo scherzando. Un matrimonio comporta un sacco di lavoro. Onestamente, apprezzo il fatto che non abbia nemmeno lontanamente tanto lavoro da fare quanto la maggior parte delle persone con l'aiuto di tutti. Amo il mio vestito e amo questa collana».

Il campanello sopra la porta del negozio tintinnò, e Daniel Levesque, il capo della polizia di Charm Cove, entrò. Era in uniforme, il che mi mise immediatamente in guardia.

Daniel si guardò intorno per il negozio, praticamente ispezionando il posto mentre si avvicinava. Al momento, per un piccolo miracolo, c'eravamo solo Lea ed io. Tecnicamente non avevamo ancora aperto, ma avevo lasciato la porta d'ingresso sbloccata quando lei era entrata. Saremmo state occupate entro mezz'ora, dato che eravamo nel pieno dell'estate.

Daniel si fermò accanto a Lea e annuì. «Ciao, Lea, come stai questa mattina?» chiese.

«Molto bene, Daniel. Sei così affascinante nella tua uniforme», offrì con un occhiolino.

Daniel inarcò un sopracciglio. Con i suoi capelli scuri e i profondi occhi marroni, Daniel era piuttosto attraente e anche felicemente sposato con la mia migliore amica Zoe. Aspettavano anche un bambino a breve.

«Cosa ti porta qui questa mattina?» chiesi.

Daniel appoggiò il fianco contro il bancone di fronte a me. La vetrina svolgeva una doppia funzione come bancone. Lea aveva voluto l'effetto completo, così aveva detto, perché io vedessi le collane, quindi le aveva messe nella vetrina sulla ricca fodera di velluto blu.

Daniel si passò una mano tra i capelli e sospirò. «Ho pensato che tanto valeva iniziare da qui. Ho visto l'auto di Lea, quindi ho pensato di poter trovare entrambe».

«Di cosa si tratta?» chiese Lea, la sua attenzione ora completamente distolta dalla pianificazione del matrimonio.

«Beh, è un po' strano», iniziò Daniel.

«Strano?» intervenni.

«Sì, strano. Se consideri che tutti su una barca da pesca hanno riferito di aver sentito una sirena», rispose Daniel.

«Intendi come una sirena della polizia?» chiesi.

«Eh, no. Il tipo di sirena che attira gli uomini», chiarì Daniel.

«Cosa?!»

«Oh cielo!» l'esclamazione di Lea si sovrappose alla mia.

«Esatto, dunque, la barca ha deviato dalla rotta ieri notte giù nel Massachusetts. Invece di attraccare a Boston, sono risaliti qui nel Maine su una delle piccole isole senza nome e hanno arenato la barca su di essa».

Gli occhi di Lea si spalancarono. «Oh, poveri. Quindi cosa c'entriamo noi con tutto questo?»

«Tu in particolare, nulla. Ho solo pensato che potresti saperne di più sulle sirene di quanto ne sappia io. Ogni ragazzo su quella barca riferisce che una donna li stava chiamando attraverso il mare. In effetti, la maggior parte di loro la chiama sirena e riferisce che è la donna più bella che abbiano mai visto».

Gemetti.

«Sono sicuri che fosse una sirena?» ripeté Lea.

Daniel annuì lentamente. «Esatto. Tutti hanno descritto la stessa cosa, una voce che li chiamava attraverso l'oceano. Sembrano non avere idea del perché abbiano portato la loro barca sull'isola danneggiandola parecchio. Sono riuscito a malapena a tenere a bada la Guardia Costiera perché tutti sono stati ritrovati sani e salvi. Fortunatamente, quell'isola in particolare non è troppo rocciosa. C'erano preoccupazioni che si fossero persi in mare, anche se il tempo era buono.

«L'altro problema? Un peschereccio locale ha riferito la stessa cosa. Hanno arenato la loro barca sullo stesso lato dell'isola. Tutti gli indizi puntano a qualcosa... Beh, qualcosa di soprannaturale. Con tutto quello che è successo qualche mese fa con le margherite, l'ultima cosa di cui questa città ha bisogno è un sacco di attenzione su che tipo di magia potremmo star tramando. Ho pensato che sarebbe meglio capire cosa fare dopo».

Sospirai silenziosamente. Proprio quando pensavo che la noia fosse una cosa positiva.

La notizia della presunta sirena sull'isola al largo della costa si diffuse rapidamente in città. Era una fortuna che avessi molto aiuto con l'organizzazione del mio matrimonio, perché tutti gli indizi indicavano un problema. Nello specifico, un problema con una sirena. Secondo i libri di storia, erano trascorsi ben trecento anni dall'ultimo avvistamento documentato di una sirena. E come voleva la fortuna, una doveva *proprio* presentarsi vicino a Charm Cove, nel Maine, poche settimane prima del mio matrimonio.

CAPITOLO DUE

Mi appoggiai all'angolo del separé dell'Enchanted Spirits con il braccio di Liam che mi circondava le spalle. Liam, ovvero Liam Good, il mio fidanzato, uno stregone e un uomo affascinante con i suoi capelli neri e gli occhi blu. Eravamo riuniti qui con amici e familiari, un'abitudine comune, tranne che per questa sera, quando tutti gli altri argomenti di pettegolezzo erano stati superati dalle voci che circolavano sul leggendario canto della sirena appena al largo della costa di Charm Cove.

«Non può *davvero* essere una sirena», disse mia cugina Emma roteando gli occhi. Alzò la mano per stringere l'elastico che teneva i suoi capelli scuri in una coda di cavallo.

Il suo ragazzo, Jackson, scrollò le spalle. «Beh, ora abbiamo tre barche con tutti gli uomini a bordo che dichiarano di aver sentito un bellissimo canto che li chiamava attraverso il mare».

Le spalle di Liam tremavano leggermente per la risata. «È pazzesco».

Daniel era seduto di fronte a noi accanto a sua moglie e mia migliore amica, Zoe, e roteò gli occhi. Forte. «È completamente ridicolo. Crescendo qui, ho sentito parlare spesso di incantesimi, streghe, stregoni e cose simili, ma non ho mai sentito nessuno menzionare nulla sulle sirene».

I riccioli castani di Zoe ondeggiarono mentre scuoteva la testa. «È perché non esistono».

Liam intervenne. «Beh, secondo mia madre, la storia ha registrato qualche caso». Si riferiva a sua madre Alice, che era la genealogista di streghe e stregoni residente a Charm Cove. Si dava anche il caso che fosse considerata un'esperta mondiale in questo specifico tipo di storia da chiunque sapesse che streghe e stregoni esistevano davvero. Con la nostra piccola città come centro di potere soprannaturale, aveva senso.

«Ok, cos'altro sa tua madre?» chiese Daniel. «Ora sono serio».

Il povero Daniel doveva indagare su questi tre naufragi avvenuti su un'isola senza nome al largo della costa. I residenti avevano già iniziato a chiamare l'isola Canto della Sirena. Dopo le prime due barche di questa mattina, un'altra si era arenata sull'isola nel primo pomeriggio.

«Dovresti parlare con lei per avere tutti i dettagli, ma quando l'ho vista questo pomeriggio, mi ha detto che ci sono stati quattro incidenti noti nella storia delle streghe. L'ultimo è stato segnalato al largo della costa irlandese», spiegò Liam.

Daniel annuì lentamente e poi reclinò la testa con un sospiro. «Che Dio mi aiuti. Una sirena e tre naufragi in un solo giorno».

In quel momento, Nathan Good, il cugino di Liam, arrivò al tavolo. Offrì un saluto generale. «Ehi, c'è posto per me?»

«Prendi una sedia», rispose Liam, indicando una sedia vuota a un tavolo vicino.

Dopo che Nathan tornò con la sedia, si sedette e si guardò intorno. «Domani andrò su quell'isola», annunciò.

«Sei pazzo?» chiesi.

«Non sono pazzo, ma voglio vedere questa sirena».

Daniel strinse gli occhi, sporgendosi in avanti e prendendo un sorso di birra. «È una scena del crimine».

«È un crimine arenare una barca?» chiese Nathan, con un'aria un po' troppo sincera per i miei gusti.

«Per favore, non farlo», disse Daniel. «La Guardia Costiera arriverà domani. Anche se tecnicamente non è una situazione criminale, vorranno dare un'occhiata a tutto. Se vai là fuori e fai schiantare un'altra barca, sarà solo un'altra cosa di cui dovremo occuparci».

Nathan mostrò un sorriso smagliante e scrollò le spalle. «D'accordo. Aspetterò finché non mi darai il via libera».

La conversazione continuò, ma era impossibile tenere lontano l'argomento dalla presunta sirena per più di pochi minuti. Le persone si fermavano per fare domande a Daniel e le speculazioni erano dilaganti. Il bar aveva già una scommessa su quante altre barche sarebbero state attirate dalla sirena.

Mentre uscivamo quella sera, inoltrandoci nella fresca serata estiva, alzai lo sguardo verso Liam. «Non avevo previsto di dover affrontare una sirena quattro settimane prima del nostro matrimonio».

I suoi occhi blu erano luminosi nella luce argentea mentre sorrideva. «Non credo che avremmo potuto pianificare una cosa del genere».

Il nostro matrimonio si avvicinava rapidamente. Ci saremmo sposati in Scozia. Un contingente di streghe e stregoni da Charm Cove e da altre parti del mondo si sarebbe riunito lì per il matrimonio. Stavamo andando incontro al nostro destino, o almeno così diceva la leggenda.

Una Wicked e un Good erano destinati a sposarsi ogni generazione. Un incantesimo secolare garantiva che ci saremmo innamorati. Io e Liam non avevamo avuto problemi con quella parte. Ci siamo persino riuniti dopo esserci lasciati per alcuni anni. Con le nostre due famiglie e molti altri con un interesse nella questione che ficcanasavano, abbiamo deciso di sposarci in Scozia dove i nostri antenati originali si erano sposati alcuni secoli prima.

«Beh, speriamo solo che nessuno che conosciamo finisca per essere catturato dal canto della sirena», aggiunsi.

Liam ridacchiò, abbassandosi e premendo le sue labbra sulle mie.

———

La mattina seguente, incontrai mia madre e zia Penelope per un caffè al Magic Beans. Volevano discutere di alcune questioni dell'ultimo minuto riguardo alla pianificazione del matrimonio. Negli ultimi mesi, avevo scoperto che era meglio se semplicemente ascoltavo, annuivo e lasciavo che tutti gli altri facessero tutto il lavoro. Mi sentivo un po' in colpa per questo, ma sembrava l'unico modo per gestire la tendenza della mia famiglia a controllare tutto.

Con un delizioso caffè in mano e uno scone ai mirtilli, mi sono fatta strada tra i tavoli per sedermi di fronte a mia madre. Camilla Wicked alzò lo sguardo con un sorriso, i suoi occhi verdi che si increspavano agli angoli. Avevo ereditato i suoi colori: capelli scuri, lisci e lucenti e occhi verde brillante. Era così stereotipicamente da strega che a volte risultava fastidioso.

Sebbene la mia famiglia discendesse da antenati irlandesi, scozzesi e francesi, il mondo delle streghe era molto diverso. Avevamo streghe sparse in tutto il mondo. I poteri delle streghe non discriminavano, e di questo ero grata.

«Ciao, cara», cinguettò mia madre mentre si sporgeva per darmi un bacio sulla guancia.

«Buongiorno, mamma. Penelope verrà ancora a incontrarci qui?»

Mia madre si fermò per prendere un sorso di caffè prima di rispondere. «Certamente. È in ritardo. Come al solito.»

Ho accennato un sorriso. «Non posso lamentarmi, visto che di solito sono io quella in ritardo.» Ho dato un morso al mio scone, alzando lo sguardo quando ho sentito il mio nome.

Penelope salutò con la mano da dove si trovava in fondo alla fila vicino al bancone. Era la sorella di mio padre, alta come lui, con capelli scuri striati d'argento e occhi blu. Ho ricambiato il saluto.

«Allora, di cosa volevi parlare questa mattina?» ho chiesto a mia madre tra un sorso di caffè e l'altro.

«Beh, credo che sia tutto pronto per la cerimonia. Dobbiamo solo decidere il menu per il ricevimento.»

Volevo dirle che non m'importava. Perché sapevo che qualsiasi cosa mia madre e la mia rispettiva collezione di zie avessero scelto sarebbe stato qualcosa che mi sarebbe piaciuto. Non ero schizzinosa con il cibo, per fortuna. Ma sapevo che avrebbero voluto che dessi un'occhiata al menu, quindi ho annuito.

«Penelope ha una lista di idee. La locanda dove terremo il ricevimento offre diverse opzioni tra cui scegliere», aggiunse mia madre.

Penelope arrivò come un turbine, il suo gruppo di braccialetti d'argento che tintinnava mentre si sporgeva per baciare me e mia madre sulle guance. «Ciao, care. Scusate il ritardo. Giuro che non volevo. Non sembra importare cosa faccio, sono sempre cinque minuti indietro.»

Si sedette con un sospiro, tirando prontamente fuori il suo tablet dalla grande borsa e aprendo alcune schermate con dei tocchi. Non potevo biasimare nessun membro della mia famiglia per la loro efficienza. Non si preoccupò nemmeno delle formalità e si tuffò direttamente nella pianificazione del menu. Come avevo immaginato, tutto ciò che dovevo fare era annuire in modo affermativo per qualsiasi cosa sembrasse entusiasmarle di più.

Abbiamo determinato il menu per il ricevimento nel giro di quindici minuti. Penelope mi guardò una volta finito. «Se il matrimonio si tenesse qui, faremmo le degustazioni, ma visto che non è questo il caso, andremo con la nostra migliore ipotesi.»

«Va bene per me», ho detto con un sorriso.

«Allora», disse Penelope, sporgendosi in avanti sulla sedia, «ci sono novità sulla sirena?»

«Credo che dovremmo evitare di chiamarla sirena finché non sapremo un po' di più sulla situazione», le disse mia madre.

«E come altro dovremmo chiamarla? Tre barche da pesca ieri piene di uomini hanno tutti sentito una sirena cantare e hanno affermato che fosse la voce più bella mai sentita prima di schiantare le loro barche sulla riva di quella sciocca isoletta. Grazie a Dio non è una di quelle più rocciose», disse Penelope con un giro di occhi.

Non riuscivo a trattenere le risate. Quando le ho messe sotto controllo, ho guardato mia madre con un sorriso imbarazzato. «Scusa, mamma. Capisco la tua preoccupazione, ma è il modo più semplice per descriverla.»

Mia madre emise un sospiro, lanciando uno sguardo falsamente severo tra Penelope e me.

«Seriamente però, hai sentito qualcosa?» la incalzai.

«Ho parlato con Alice questa mattina», iniziò mia madre, riferendosi alla madre di Liam. «Le sirene esistono, è solo insolito. Si dice che sia una forma molto rara di potere stregonesco, così rara che non è ben documentata.»

«Sono sicura che Alice ne sa di più. Cos'altro?» intervenne Penelope.

«Ci sono quattro casi noti di potere da sirena registrati. I due più recenti erano al largo della costa irlandese e gli altri due vicino alla Francia. Ovviamente, questi sono i casi documentati nella storia. Se ce ne sono altri, non lo sappiamo. Dei due al largo della costa irlandese, uno è un lontano parente della famiglia Wicked, e l'altro è di un'altra famiglia di streghe. Dei due vicino alla Francia, uno era ancora un parente Wicked, abbastanza lontano però. L'altro era di un lontano parente della famiglia Howe.»

«Non riesco proprio a capire perché una sirena, o meglio una strega con poteri da sirena, dovrebbe apparire al largo della costa qui. Per quale scopo? Nessuno è rimasto ferito, e nessuno degli uomini ha visto nulla una volta arrivati sull'isola», ho osservato.

«Secondo Alice, quei quattro casi documentati erano streghe che avevano anche il potere di occultamento», aggiunse mia madre.

Penelope schioccò la lingua. «Questo *non* aiuterà Daniel a investigare. Ha dichiarato che è una scena del crimine a causa dei naufragi.»

«Ha detto che deve mettere in sicurezza la scena per la Guardia Costiera. Grazie al cielo Daryl Parker non è più nella Guardia Costiera qui. Non era altro che un problema. Spero davvero che gli abbiano tolto il grado», disse mia madre, stringendo le labbra.

Daryl era uno stregone che aveva fatto carriera nella Guardia Costiera e aveva puntato a rubare potere. Tra i poteri che aveva tentato di rubare c'era l'incantesimo che alimentava il Faro di Beacon's Charm qui. In seguito, era stato rimosso dalla Guardia Costiera. Un contingente di streghe e stregoni si era anche unito per annullare il suo potere.

«In ogni caso, dovrebbe essere interessante. Che sia risolto o meno, il mio matrimonio si terrà in tempo», ho detto con fermezza.

«Assolutamente», esclamò Penelope, alzando una mano come per esultare.

«Bene, dovrei andare al negozio. Se non altro, quel posto è il centro del pettegolezzo, quindi manderò un messaggio se scopro qualcosa sulla nostra presunta sirena», ho detto quando ho visto l'ora sull'orologio sopra la porta.

«Ciao, cara», dissero mia madre e Penelope all'unisono.

Rimasero indietro, sicuramente per speculare ulteriormente sulla sirena mentre io mi alzavo per andarmene. Con un cenno, sono uscita da Magic Beans sul marciapiede affollato. Era quasi l'ora di apertura per il mio negozio e per quasi tutti gli altri negozi del centro di Charm Cove. Era il culmine dell'estate, e la costa del Maine era affollata di turisti ovunque. In questo senso, Charm Cove non faceva eccezione. Ci eravamo finalmente liberati degli ultimi fiori del nostro piccolo inconveniente primaverile di margherite che avevano invaso la città, e il traffico era più o meno normale in questi giorni.

Mentre attraversavo in fretta il parco cittadino, ho salutato Beatrice Powers, che stava camminando a passo svelto con il suo solito gruppo, guidando la strada nel suo pile rosa acceso. Speravo che Beatrice passasse dal negozio più tardi oggi. Di solito aveva l'orecchio teso e probabilmente avrebbe avuto l'ultimo scoop sulla presunta sirena.

L'insegna stravagante blu e viola di Persnickety Potions & Gifts apparve mentre raggiungevo l'altro lato del prato, fermandomi per aspettare che alcune auto passassero prima di attraversare la strada. Una volta nel negozio, mi affrettai verso il retro, lasciando la mia borsa e rimuovendo rapidamente gli incantesimi di protezione dalle porte anteriore e posteriore. Il vantaggio di essere una strega era che non dovevo affidarmi solo alle serrature.

Attraversando di nuovo la tenda di perline verso la parte anteriore del negozio, accesi il nostro registratore di cassa computerizzato e feci un rapido giro nel negozio, assicurandomi che gli scaffali fossero in ordine e annotando mentalmente cosa avrei dovuto rifornire durante la giornata.

Qui vendevamo una varietà di articoli: molti regali, gioielli, opere d'arte locali e simili. Inoltre, vendevamo pozioni etichettate come rimedi a base di erbe per il pubblico generale. Eravamo noti per avere alcuni dei migliori al mondo. A meno che non fossi una strega, non avresti saputo che erano effettivamente incantati, così come i nostri gioielli. Nello spirito delle cose, vendevamo persino alcune bacchette decorative per divertimento. Raramente erano incantate, ma di tanto in tanto ne imbuivamo alcune con la magia.

Proprio quando l'orologio segnava le 9 del mattino, girai il cartello su Aperto e sbloccai la porta d'ingresso. Nel giro di pochi minuti, c'erano clienti che gironzolavano tra le vetrine, e fui trascinata nella giornata intensa. Questo era il mio secondo estate di ritorno a Charm Cove dopo essere tornata l'anno scorso. Mi ero adattata a un ritmo ed ero completamente responsabile della gestione del negozio, cosa che, si scoprì, mi piaceva. Chi l'avrebbe mai detto?

C'era stato un tempo in cui avevo cercato di sfuggire ai miei modi da strega, ma avrei dovuto saperlo. Il destino, se vogliamo, mi aveva riportata indietro. Non l'avrei mai ammesso con la mia famiglia, ma ne ero sollevata.

Verso l'ora di pranzo, alzai lo sguardo quando il campanello tintinnò sopra la porta. Non fui sorpresa di vedere Lea entrare. Passava quasi ogni giorno, spesso portandomi il pranzo, o chiamando in anticipo per vedere se ne avevo bisogno. Sollevò un piccolo sacchetto di carta con l'etichetta distintiva di Charm Café. «Ti ho portato il pranzo, cara», chiamò, fermandosi a chiacchierare con una cliente che stava guardando i nostri braccialetti portafortuna in una delle vetrine.

Lea un tempo gestiva il negozio, ma aveva ceduto le redini l'anno scorso dopo una battaglia contro il cancro, che aveva sconfitto con successo. Nessuna persona che la conosceva ne fu sorpresa.

Finii di servire un cliente proprio mentre lei girava intorno al bancone e si sedeva su uno sgabello accanto a me. «Beh, vedo che è affollato questo pomeriggio. Com'è stata la mattinata?»

«Più o meno lo stesso», risposi con un sorriso. «Cosa hai portato per pranzo?»

«Un panino con roast beef e patatine dolci. Mi occuperò della cassa mentre mangi.»

Ci scambiammo di posto, e lei chiacchierava con i clienti mentre io mi sedevo accanto a lei e gustavo il mio pranzo. Tutta la mattina c'erano stati vari commenti sulla presunta sirena con quasi tutti che chiamavano l'isola Siren Song. L'isola senza nome si era guadagnata un nome. Tre naufragi in un giorno erano una notizia sulla costa del Maine.

A causa delle accuse di pescherecci affondati per dispetto negli ultimi anni, c'erano speculazioni che questi eventi potessero essere collegati. Per esempio, una donna stava parlando con la sua amica mentre pagavano.

«Be', se vuoi il mio parere, è probabilmente questo. Ultimamente con i prezzi dei frutti di mare in calo, la gente fa cose folli.»

La sua amica offrì: «È vero, ma tutta quella storia riguardava un affare di droga andato male, giusto?»

L'altra amica alzò la spalla in un'alzata di spalle. «Chi lo sa? In ogni caso, è la spiegazione più probabile. Non esiste una sirena che chiami gli uomini a schiantare le loro navi su un'isola. È assurdo.»

«Ma questo è Charm Cove», protestò la sua amica, lanciando un sorriso tra Lea e me. «C'è stata tutta quella storia pazzesca delle margherite la primavera scorsa.»

Finii di masticare un boccone del mio panino. «Credetemi, vorremmo che fosse più eccitante qui, ma quella cosa delle margherite era solo un fenomeno strano.»

Quello era l'unico modo in cui potevo spiegare benignamente la nostra intera città coperta di margherite che crescevano fuori controllo e piovevano dal cielo. Naturalmente, stavo mentendo, dato che sapevo perfettamente che un incantesimo era andato fuori controllo e aveva causato il, *ehm*, "problema delle margherite". Ma noi decisamente *non* avevamo bisogno che nessuno al di fuori del mondo delle streghe lo sapesse.

Lea intervenne. «Non esistono le sirene. Per quanto ne sappiamo, scopriremo che tutti hanno cospirato insieme per ottenere i soldi dell'assicurazione per le loro barche.»

«Come faranno a ottenere i soldi dell'assicurazione quando stanno tutti raccontando una storia folle su una sirena?» chiese una delle donne.

Lea le servì, facendo tsk-tsk e alzando gli occhi al cielo. «Ora *quella* è certamente una spiegazione logica. Quelle barche valgono bei soldi. Se possono ottenere i soldi dell'assicurazione, ne usciranno con un bel gruzzolo.» Dopo di che, abilmente spostò l'argomento sul bel tempo e fece alcuni suggerimenti su dove dovrebbero pranzare quel giorno.

Durante un piccolo momento di calma nel pomeriggio, Lea incrociò il mio sguardo e parlò a bassa voce. «Sono un po' preoccupata che questa sirena sia una cosa reale. L'ultima barca che si è schiantata ieri era guidata da un warlock, Thad Lewis, uno dei nipoti di Tom Lewis, abbastanza potente e non certo un idiota.»

«Cosa ha detto al riguardo?» chiesi.

«Proprio come gli uomini sulle altre barche, afferma di aver visto una visione di una bella donna e di aver sentito una canzone. Ha detto che non riuscivano a vedere nulla finché non si sono arenati sull'isola. Ancora una volta, nessuno è rimasto ferito. Anche se la cosa dell'assicurazione suona probabile, non so proprio cosa pensare.»

«Thad ha parlato con Daniel?»

«Certo. E sa che Daniel è sposato con una strega, quindi gli ha detto la verità. Daniel, ovviamente, non ha idea di come spiegare questo alla Guardia Costiera», disse Lea scuotendo la testa. «Hai sentito qualcos'altro dalle persone che sono passate dal negozio questa mattina?»

«Niente di più che voci selvagge.»

«Ho parlato con tua madre, e stiamo pianificando di incontrarci per cena da Alice stasera. Penso che tu e Liam dovreste unirvi a noi.»

«Sono sicura che i genitori di Liam gliel'hanno già accennato.»

In quel momento, un altro gruppo di clienti arrivò al bancone, e Lea sorrise luminosamente mentre iniziava a chiacchierare con loro.

CAPITOLO TRE

Dopo la chiusura del negozio quella sera, ho caricato le mie cugine gemelle in macchina per portarle a cena con le nostre rispettive famiglie. Celia e Delia erano gemelle identiche e le più giovani tra tutti i cugini della mia generazione. Erano le figlie di Lea, una sorpresa per lei e Jacob. Avevano ereditato i capelli scuri e gli occhi azzurri brillanti della madre. Con i loro visi rotondi e i sorrisi pronti, a quindici anni erano davvero adorabili e di solito combinavano qualche marachella. Avevo promesso loro che ci saremmo fermati da Maple Mayhem, un negozio di caramelle allo sciroppo d'acero in città, prima di dirigerci a casa dei genitori di Liam per incontrare tutti.

«Posto davanti!» esclamò Delia mentre correva verso la mia auto. Scivolando dentro con gli occhi scintillanti, lanciò un'occhiata alla sorella sul sedile posteriore e le fece la linguaccia.

Celia alzò gli occhi al cielo, imitando la sorella quando le fece la linguaccia. Ridacchiai mentre guidavamo per il breve tragitto fino a Maple Mayhem.

«Va bene, ragazze», dissi mentre scendevamo dall'auto ed entravamo nel negozio, «non più di tre articoli ciascuna.»

«Non possiamo prendere qualcosa per il dessert per tutti?» intervenne Celia.

«Prendiamo il gelato d'acero per quello», proposi.

Le gemelle si precipitarono via appena entrammo nel negozio. Maple Mayhem si trovava in una vecchia casa nel centro di Charm Cove, come molte attività della zona. Mi diressi verso il fondo dove un lungo bancone occupava l'intera larghezza del negozio.

Appoggiando i gomiti sul lucido bancone di quercia, sorrisi a Helen Sweet. La famiglia Sweet era proprietaria di Maple Mayhem da sempre. «Ciao, Helen, come va?» chiesi.

Alzò lo sguardo con un sorriso da dove stava segnando qualcosa su una lavagnetta. «Giornata intensa. E tu?»

«Idem. Possiamo prendere un gallone del gelato d'acero?» Tenevano il loro speciale gelato d'acero nel retro. «Non appena le gemelle avranno trovato quello che vogliono, puoi metterlo in conto con il resto.»

Helen si mise la penna dietro l'orecchio e si voltò per prendere il gelato dal congelatore alle sue spalle. Infilandolo in un sacchetto di carta, lo posò sul bancone, appoggiando le mani sul bordo della vetrina mentre aspettavamo le gemelle. «Accidenti, ne ho sentite abbastanza di quella sirena oggi», commentò.

«Oh, anche io.»

«La spiegazione più probabile è quella dell'assicurazione», aggiunse.

Annuii con lei. «È sicuramente quella che ha più senso.» Sebbene la famiglia Sweet non fosse una famiglia di streghe, sapevano dell'esistenza di streghe e stregoni ed erano amichevoli. Detto questo, preferivo non speculare con Helen sulle possibilità di una strega con poteri da sirena.

Le gemelle arrivarono con i concordati tre articoli ciascuna. Mentre Helen stava battendo lo scontrino, un'altra cliente si avvicinò al bancone. Mi voltai, inizialmente pensando che la donna fosse una turista, ma percepii immediatamente che era una strega.

In quel momento avrei voluto che mio padre, che aveva la capacità di percepire se qualcuno avesse dei poteri, fosse lì. Questa donna era alta, slanciata e assolutamente stupefacente. Aveva capelli castani lucenti e profondi occhi blu abbinati a una liscia pelle color caramello. Era, semplicemente, bellissima. Quando parlò, la sua voce era melodiosa. «Mi scusi.»

Helen alzò lo sguardo da dietro il registratore. «Sì?»

«Sto cercando la casa di Nathan Good.»

Beh, tutto questo sembrava piuttosto strano. Gli occhi di Helen si spostarono su di me. Arricciai il naso, desiderando in quel momento avere il potere della telepatia. Non mi sembrava giusto dare a una sconosciuta informazioni del genere. Detto questo, non sarebbe stato difficile scoprire dove viveva Nathan se avesse chiesto in giro per la città.

Nathan, tra le altre cose, era responsabile del faro della città, il Beacon's Charm Lighthouse. Aveva anche un'attività di produzione di sciroppo d'acero, che era molto meno impegnativa in questo periodo dell'anno. La maggior parte dei giorni durante l'estate, organizzava tour occasionali del faro, insieme a gite di pesca qua e là. Viveva proprio di fronte al faro.

Helen guardò di nuovo la donna, il suo scetticismo evidente nel suo sguardo. «Di solito non do indirizzi agli sconosciuti. Senza offesa», disse educatamente.

La donna fissò Helen per qualche secondo prima di guardarmi. «Forse Lei potrebbe aiutarmi allora», disse con aria di aspettativa.

«Mi dispiace, anch'io di solito non fornisco indirizzi. Forse potrebbe dirci perché sta cercando Nathan», risposi.

La donna aveva un'aria quasi regale e sollevò leggermente il mento. «È un parente lontano, e sono venuta qui dalla Louisiana.»

Delia guardò la donna. «Se Nathan è un parente lontano, allora hai un sacco di parenti lontani qui. Ci sono tonnellate di Good a Charm Cove. Perché stai cercando proprio Nathan?» chiese, socchiudendo gli occhi.

La donna guardò Delia come se non sapesse bene cosa fare della sua impertinenza. «Non vedo perché dovrebbe essere affar tuo. E per lontano, intendo cugini di quinto grado una volta rimossi.»

Come se quel dettaglio migliorasse le cose.

Celia intervenne. «Bene, allora non vediamo perché dovrebbe essere affar tuo dove vive lui.»

Dovetti mordermi l'interno delle guance per non scoppiare a ridere. La donna semplicemente si girò e uscì.

«È stato strano», osservò Delia mentre guardavamo la donna allontanarsi attraverso le finestre anteriori.

«Strana è sicuramente un modo per definirla, e anche un po' ficcanaso e maleducata» aggiunsi. «Normalmente ti direi di essere più educata, ma date le circostanze, credo che sia stato più che appropriato.»

«È stato certamente insolito» concordò Helen dall'altra parte del bancone.

———

«Che cosa intendi?» chiese mia madre dall'altra parte del tavolo.

Avevamo finito di cenare con i genitori di Liam e stavamo gustando i digestivi. Oltre a me e Liam, si erano uniti mia madre, mio padre, Lea e Jacob, Penelope, e la sorella minore di Liam, Juliette.

I gemelli erano scappati dalla sala da pranzo per guardare il loro ultimo programma preferito in televisione non appena ne avevano avuto il permesso. Avevo appena finito di riassumere il nostro incontro con la donna a Maple Mayhem.

«Beh, tutta la situazione era strana. Era assolutamente bellissima con splendidi capelli castani e occhi azzurro brillante. Ha detto che veniva da New Orleans. Scommetterei che fosse una strega». Guardando mio padre, commentai: «Avrei voluto che fossi lì. Avresti saputo se possedeva la magia».

Mio padre, Gabriel Wicked, alzò le spalle prima di prendere un sorso di birra. Mio padre era generalmente silenzioso e emanava un'aria cupa. Con i suoi capelli argento, occhi azzurri e lineamenti classicamente belli, era invecchiato bene. «Se la vedo, cercherò di avvicinarmi abbastanza per verificarlo» offrì.

«Hai visto Nathan oggi?» chiesi, guardando Liam che sedeva accanto a me con il braccio appoggiato sulle mie spalle.

Lui scosse la testa, bevendo un sorso di birra. «Non sei riuscita a sapere il suo nome, per caso?» chiese mia madre.

«No, si è girata ed è andata via prima che ne avessimo la possibilità».

Alice ci aveva informato su ciò che era riuscita a raccogliere dai suoi libri di genealogia e storia delle streghe. Al di là dei dettagli superficiali, che consistevano in un totale di quattro storie di sirene tra le famiglie di streghe, aveva appreso l'entità di ciò che era accaduto.

Tutte coinvolgevano naufragi di navi. Tutte tranne una non riportavano morti. Gli uomini avevano schiantato le loro navi sugli scogli con il presunto canto della sirena che li chiamava. Alice aveva rintracciato alcuni diari nei numerosi archivi che conservava. Uno di questi ipotizzava che la sirena stesse cercando di far tornare un uomo per ricambiare un amore non corrisposto. Al di là di questo, i dettagli erano vaghi e ci offrivano poco aiuto per comprendere la situazione attuale.

«Dato che non sappiamo nulla di lei, dovremmo chiedere a Nathan perché una donna di New Orleans sarebbe qui a cercarlo» aggiunse Juliette. Come suo fratello, Juliette aveva capelli scuri e occhi azzurri. Offrì questo commento con un'alzata d'occhi.

«È sempre la spiegazione più semplice» intervenne mio padre.

«E quale sarebbe, caro?» chiese mia madre.

«Che probabilmente Nathan la conosce, ha avuto una storia con lei, e lei è tornata per trovarlo» interloquì Juliette.

Mio padre ridacchiò e annuì.

Mia madre strinse le labbra prima di prendere un sorso di vino. «Per quanto ne so, Nathan non è mai stato a New Orleans».

«Solo perché non è mai stato a New Orleans non significa che non abbia mai incontrato questa donna» ribatté mio padre.

Nathan era noto come un po' donnaiolo e un giocatore, quindi non dubitavo che fosse una spiegazione logica.

Più tardi quella sera, dopo che Liam e io eravamo tornati alla dependance che condividevamo nella proprietà dei miei genitori, il nostro gatto Ghost sembrava essere scomparso. «Quando è stata l'ultima volta che l'hai visto?» chiesi.

«Stamattina, prima di andare al lavoro» rispose Liam.

Ghost vagava liberamente e aveva una porticina per entrare e uscire a suo piacimento, eppure era un gatto piuttosto affidabile e di solito ci accoglieva a casa la sera. Gli piaceva la sua cena speciale di cibo umido, che si aggiungeva al solito cibo secco che gli lasciavamo.

«Ghost» chiamai, la mia voce che echeggiava nella casa vuota.

Mentre Liam usciva sul ponte posteriore, io cercai al piano di sotto.

La dependance era stata completamente ristrutturata in uno spazio abitativo. Il piano inferiore era un'ampia area aperta. La cucina occupava un lato con un bancone lungo la parete e un'isola che la separava dall'area del soggiorno. C'era una sala da pranzo appena oltre la cucina con un piccolo tavolo rotondo accanto a una finestra a bovindo che si affacciava sul cortile posteriore. Il giardino era un'estensione di prato con alberi sparsi e l'Oceano Atlantico in lontananza. Un divano componibile con un televisore sopra il camino era sull'altro lato.

Dopo aver controllato in tutti i luoghi preferiti per il pisolino di Ghost, corsi su per la scala a chiocciola, controllando il balcone e le due camere da letto. Non si trovava da nessuna parte. Raggiungendo Liam fuori, alzai lo sguardo verso di lui. «Hai idea di dove potrebbe essere? La cosa mi preoccupa».

«Controlliamo la spiaggia» rispose Liam, prendendo la mia mano.

Essendo estate, anche se erano quasi le otto di sera, i riflessi proiettati da dietro dal sole al tramonto scintillavano sull'acqua. Amavo l'estate sulla costa del Maine: giornate calde e soleggiate e serate fresche con il profumo salmastro dell'oceano che fluttuava nell'aria. Quando raggiungemmo la scogliera al limite del prato, chiamai di nuovo il nome di Ghost. Niente.

L'oceano era calmo, le onde si infrangevano pigramente sulla riva, il suono dell'acqua rassicurante.

«Aspetta un attimo» disse Liam, tirando fuori il suo telefono e aprendo la fotocamera.

«Che cosa stai facendo?»

«Sto usando il teleobiettivo per vedere se è lui» mormorò Liam in risposta mentre regolava i pollici sullo schermo. «Sì, è lui».

Mi passò il telefono e guardai dove indicava per vedere Ghost seduto al bordo dell'acqua, abbastanza lontano che, senza l'ingrandimento, sembrava una macchia bianca.

«Cosa diavolo sta facendo? Non gli piace l'acqua» dissi.

«Non so cosa stia facendo, ma andiamo a prenderlo».

Scendemmo lungo il sentiero sulla scogliera. Anche se chiamai Ghost altre volte, rimase esattamente dov'era, fissando l'oceano.

«Sta guardando quell'isola» osservò Liam mentre ci avvicinavamo.

La costa del Maine era disseminata di piccole isole, e due di queste erano visibili dalle rive di Charm Cove. Una di esse era l'isola ora conosciuta come Siren Song a causa degli eventi degli ultimi giorni.

«Strano».

Quando raggiungemmo Ghost, lui alzò lo sguardo quasi come se lo avessimo svegliato da una trance. Alla nostra vista, emise un miagolio e ci girò intorno alle caviglie, strofinando le guance contro i nostri polpacci e facendo le fusa.

«Almeno adesso si comporta normalmente», dissi mentre lo prendevo in braccio.

Ghost aveva un magnifico manto bianco. Lo avevo ereditato quando ero tornata a casa l'estate scorsa e i precedenti affittuari lo avevano lasciato. Mia madre credeva che non l'avessero fatto di proposito, ma piuttosto che Ghost sapesse di appartenere a questo posto.

Per quanto trovassi sciocca quest'idea, mi ero davvero affezionata a lui, e questo era certamente il suo piccolo regno. Liam si allungò e strofinò le nocche sotto il mento di Ghost, suscitando delle fusa soddisfatte mentre ci giravamo per tornare indietro. Sebbene Ghost vagasse per la scogliera e occasionalmente scendesse in spiaggia, non era un amante dell'acqua. Non l'avevo mai visto così vicino al bordo prima d'ora.

Una volta tornati a casa, Ghost si comportò come al solito, aspettando con impazienza finché non aggiunsi un po' di cibo umido nella sua ciotola e poi acciambellandosi sul divano con noi mentre guardavamo la televisione. Per quanto volessi pensare che fosse ridicolo che ci fosse davvero una magia da sirena all'opera, il comportamento di Ghost mi faceva dubitare.

Pensavo che forse la mattina seguente si sarebbe comportato come al solito e mi avrebbe dato torto. Invece, mi svegliai e lo scoprii di nuovo sulla spiaggia.

CAPITOLO QUATTRO

Alcuni giorni passarono durante i quali nessuno vide la misteriosa donna che era apparsa al Maple Mayhem cercando Nathan. Lui aveva dichiarato a chiunque chiedesse che non aveva idea di chi fosse, o perché lo stesse cercando. Naturalmente, sperava che lo trovasse e una sera all'Enchanted Spirits diede pubblicamente il permesso a chiunque di fornire il suo indirizzo.

Nel frattempo, altre tre barche da pesca si erano arenate su quella piccola isola. Mi rifiutavo testardamente di iniziare a chiamare l'isola Canto della Sirena. Un pomeriggio, durante un momento di calma da Persnickety Potions & Gifts, Daniel si fermò in uniforme completa, quindi sapevo che aveva domande ufficiali da parte della polizia.

«Ciao, Daniel», esclamai non appena varcò la porta.

Sollevò in aria una tazza di caffè del Magic Beans. «Zoe mi ha detto di portartene una tazza. Ha detto che ti piace la tua dose pomeridiana», disse con una risatina mentre si avvicinava al bancone e la faceva scivolare verso di me.

«Zoe mi conosce bene. Grazie», risposi prima di prendere un sorso gradito della ricca bevanda. «Cosa ti porta qui? Apprezzo il caffè, ma dubito che sia l'unico motivo per cui ti sei fermato».

Daniel sorrise e scosse la testa. «Certo che no. Sto facendo il mio solito giro e ho pensato di passare a vedere se hai sentito qualcosa di nuovo. Sei straordinaria nel fiutare i pettegolezzi».

«È un bel modo per dire 'curiosa'», replicai con un sorriso.

Daniel scrollò le spalle sorridendo. «Sul serio. Quali sono le ultime novità nel mulino dei pettegolezzi?»

«Immagino che tu stia chiedendo dell'isola. Mi rifiuto di chiamarla Il Canto della Sirena», dissi scuotendo la testa. «Niente di importante. Il consenso generale sembra essere che uno o due di quelli che si sono schiantati avessero qualche problema finanziario e potrebbero star valutando modi per ottenere grossi risarcimenti assicurativi. Sono sicura che l'hai già sentito, giusto?»

«Oh certamente. Potrebbe essere più di una voce però. Penso che quella storia possa avere un fondo di verità. L'unico problema è che non spiega le altre barche. Todd e Hank sono entrambi indebitati fino al collo. Dopo due stagioni pessime, probabilmente guadagneranno più soldi da un risarcimento assicurativo che se pescassero per tutta la stagione quest'anno. Speravo che magari tu avessi sentito qualcosa di più. Ad essere sincero, quella storia della sirena è così ridicola che non sono propenso a crederci. Se questa fosse una qualsiasi città diversa da Charm Cove, quei ragazzi verrebbero presi in giro e cacciati dalla stazione di polizia con una storia del genere. L'investigatore della Guardia Costiera sta mantenendo un profilo discreto, ma ha anche contatti con streghe e stregoni, quindi non è stupido».

Sfoggiai un sorriso ironico e scrollai le spalle. «È certamente ridicolo. Abbiamo incontrato una strana donna al Maple Mayhem l'altra sera. Vorrei che mio padre fosse stato con noi. Sono abbastanza sicura che sia una strega».

«Cosa aveva di strano?» chiese Daniel.

«È entrata e voleva sapere dove abitasse Nathan. Non ha detto perché. A quanto pare viene dalla Louisiana. Era certamente molto bella. Quegli uomini che affermano di aver visto una sirena ti hanno dato una descrizione?»

«Certo. Si dice che sia alta e bella, con capelli castani e occhi azzurri. Non è che mi dia molti indizi».

«A parte il fatto che ho trovato strano che pensasse che qualcuno le avrebbe detto dove vive Nathan, e la mia sensazione istintiva che sia una strega, non c'è molto di cui parlare».

«Considerando che ci sono streghe ovunque in città, il fatto che sia una strega non significa granché», disse Daniel alzando gli occhi al cielo.

Scrollai le spalle. «Suppongo che la tua migliore scommessa sia seguire la pista dell'assicurazione. Terrò certamente le orecchie aperte e continuerò ad essere il più curiosa possibile», offrì con un sorriso.

Daniel ridacchiò. «Per favore, fallo».

In quel momento, entrò un cliente, immediatamente seguito da un altro gruppo che faceva shopping insieme. Daniel alzò la mano in segno di saluto mentre si allontanava dal bancone. «Buon pomeriggio».

«Grazie per il caffè», risposi, prendendo un sorso e sollevando la tazza di carta in risposta.

Rimasi occupata per il resto del pomeriggio. I gemelli erano in riposo, il che significava che non avrei avuto una pausa verso la fine della giornata e fui piuttosto sollevata quando arrivò il momento di chiudere. Proprio mentre stavo raggiungendo la porta per girare il cartello su Chiuso, vidi Beatrice Powers che mi salutava dall'altra parte della strada.

Aprendo la porta, mi sporsi. «Ciao, Beatrice, ti serve qualcosa?»

Beatrice si fermò, aspettando che passasse un'auto prima di affrettarsi. «Speravo di arrivare prima che chiudessi. Hai qualche minuto?»

«Per te, certo», risposi con un sorriso.

Il sorriso di Beatrice in risposta fu ampio, i suoi occhi marroni che si increspavano agli angoli. Con i suoi capelli argentati corti e la corporatura snella, sembrava un folletto anziano, sempre piena di energia nonostante l'età avanzata. Si manteneva in forma con le sue camminate a passo svelto ed era una strega potente e conosciuta a Charm Cove. Come la mia famiglia, la sua si era stabilita qui diversi secoli fa per sfuggire al flagello dell'isteria a Salem.

«Immagino che non sia qui per fare acquisti», aggiunsi mentre aprivo la porta abbastanza da farla entrare. Chiudendola dietro di lei, chiusi a chiave e spensi le luci della vetrina. «Seguimi sul retro mentre chiudo tutto».

Girandomi, lanciai rapidamente un incantesimo di protezione

sull'ingresso principale, la guidai intorno al bancone e attraverso la tenda di perline nel nostro magazzino sul retro. Le pareti erano rivestite di scaffali che contenevano una varietà di merci. Una parete era dedicata interamente ai rimedi a base di erbe perché ne vendevamo così tanti.

Portai il cassetto dei contanti con me e mi collegai al computer nel retro. «Allora, cosa ti porta qui?» chiesi mentre premevo il pulsante per calcolare i totali giornalieri.

Beatrice scivolò con i fianchi su uno sgabello accanto a me. «Sono sicura che hai sentito le voci su tutto il possibile raggiro assicurativo con i naufragi, giusto?»

«Certo. A parte le voci sulle sirene, è certamente logico.»

«Beh, sono d'accordo. Ma penso che ci sia di più. Il vecchio Jensen Smith, lo conosci?»

Mi fermai dopo aver premuto il pulsante per avviare la generazione del report, lanciandole un'occhiata e inarcando un sopracciglio in segno di domanda. «Non ne sono sicura. Il nome mi è familiare.»

«Possiede la Smith Insurance. Ho saputo da mia nipote questa mattina che ha gestito una truffa sugli incidenti automobilistici. Vende anche assicurazioni per barche. Guarda caso, la sua compagnia detiene le polizze di ogni barca che finora si è arenata su quell'isola. Nessuno è morto. Ogni barca ha subito danni sufficienti per essere considerata una perdita totale.»

«Ne hai parlato con Daniel?»

Beatrice annuì. «Gli ho lasciato un messaggio. Non so niente di più, ma è sicuramente una pista solida.»

«Supponendo che questo possa essere il caso, perché tutti ci stanno raccontando questa storia di aver sentito e visto una sirena?»

Beatrice strinse le labbra e scrollò le spalle. «Non lo so. Voglio dire, è una storia ridicola. Sono una strega e credo in ogni tipo di magia. So anche che la magia delle sirene esiste, sebbene sia piuttosto rara. Forse pensano che sia una buona storia a causa di tutte le voci pazze che circolavano in questa città dopo il fiasco delle margherite. Sembrerebbero solo stupidi se venisse fuori che era tutto per l'assicurazione.»

Ridacchiai per il suo evidente disgusto. «Forse. Alice sta ancora indagando sull'aspetto della sirena. A proposito, hai visto una donna strana in giro per la città?»

«Alta, assolutamente stupenda?» ribatté Beatrice.

«Sì, immagino che stiamo parlando della stessa persona. L'ho incontrata con i gemelli da Maple Mayhem, e stava chiedendo dove vivesse Nathan Good. Ha detto che veniva dalla Louisiana. Ovviamente non potevo saperlo con certezza perché non condivido la magia di mio padre, ma ero abbastanza sicura che fosse una strega.»

«Sono d'accordo. L'ho vista mentre passeggiavo l'altro giorno. Nathan l'ha già vista?» chiese.

«Liam lo ha chiamato quando gliel'ho raccontato. Nathan dice che non ha idea di chi sia. Dice che è la benvenuta a fargli visita se è bellissima come tutti dicono,» spiegai con una risatina.

Beatrice sbuffò a quel punto. «Quell'uomo. Un tale cascamorto.»

Guardando lo schermo del computer, vidi che i report di fine giornata erano completi. Premetti Salva e spense il computer. «Presumo che farai seguito con Daniel riguardo a Jensen. Come al solito, vedrò quali altri pettegolezzi riesco a raccogliere.»

Beatrice si alzò con me. «Dovrei uscire dalla porta principale?»

«Oh, no. Seguimi fuori dal retro così posso chiudere.»

Uscimmo insieme, e lanciai un incantesimo di protezione sulla porta posteriore mentre uscivamo.

Dopo che io e Beatrice ci siamo separate, mi diressi attraverso il prato della città per incontrare Liam e qualsiasi altro gruppo dei nostri amici si presentasse all'Enchanted Spirits. Speravo che forse Nathan potesse essere lì.

CAPITOLO CINQUE

Spingendo la porta dell'Enchanted Spirits, sono andata a sbattere contro un gruppo di persone in attesa all'ingresso. Uno dei locali più popolari della città, era un pub che serviva cena e bevande. Facendomi strada tra la folla, ho scrutato la sala, e i miei occhi sono atterrati su Liam nell'angolo in fondo, dove mi aveva scritto che sarebbe stato.

Ci sono voluti alcuni minuti per raggiungere l'angolo con tutti i tavoli occupati e le persone in piedi ovunque ci fosse spazio. Le estati a Charm Cove significavano orde di turisti e ristoranti, negozi e bar affollati per tutta l'estate. Fino alla prima spolverata di neve per terra, sarebbe rimasto così.

Liam si alzò dal tavolo, sporgendosi per darmi un bacio sulla guancia, i suoi occhi blu scintillanti di sorriso quando si allontanò. «Ce l'hai fatta.»

«Certo che ce l'ho fatta. Sono arrivata qualche minuto dopo perché stavo chiacchierando con Beatrice. Ti racconterò più tardi.»

Scivolando al centro del tavolo, ho dato una gomitata a Zoe mentre Liam si sedeva, affiancandomi dall'altro lato. «Ehi, ehi, com'è andata la tua giornata?»

«Oh, bene. Giuro, ogni estate penso che mi rilasserò perché non insegno, ma poi sono impegnata come sempre a fare ogni tipo di cosa,» rispose Zoe.

«Daniel ci raggiungerà qui?» ho chiesto.

Scosse la testa, i suoi riccioli castani ondeggiarono con il movimento. «No. Sta lavorando fino a tardi. Credo che Beatrice gli abbia lasciato un messaggio su un perito assicurativo che potrebbe star gestendo una truffa con tutte quelle barche da pesca là fuori a Il Canto della Sirena Andato Male.»

«È quello che mi ha appena detto.»

Liam appoggiò il braccio sulle mie spalle, unendosi alla conversazione. «Quindi è questo che Beatrice aveva da dire.»

Annuii prima di rivolgere nuovamente lo sguardo a Zoe. «Daniel ha un incontro con lui?»

«Non lo saprei,» disse con una risata. «Mi dice solo quello che pensa sia già di dominio pubblico. A volte qualcosa di più, ma poi mi dà così tanti avvertimenti di non parlarne che preferisco che lo tenga per sé.»

Arrivò la nostra cameriera. Zoe ordinò acqua con il suo hamburger e patatine, dato che era incinta. In segno di solidarietà, mi sono attenuta all'acqua e ho detto a Liam che avrei guidato io per tornare a casa.

Spesso andavamo e tornavamo dal lavoro insieme. Era comodo, ma era anche pratico, soprattutto in estate quando parcheggiare nel centro di Charm Cove diventava un'impresa.

Dando un'occhiata dall'altra parte del tavolo, ho sorriso a Nathan. «Nathan, speravo di vederti stasera.»

«Ah sì?» ha replicato.

«Sì, voglio sapere tutto sulla tipa sexy dalla Louisiana che ti sta cercando.»

Nathan aveva gli stessi colori di Liam: capelli scuri e occhi azzurri. Naturalmente, questo era il caso di quasi tutti i membri della famiglia Good, per quanto lontana fosse la loro parentela. Nathan era una bella presenza. Amava flirtare e, per così dire, darsi da fare. Anche se, insisteva sul fatto che un giorno avrebbe trovato la donna giusta e si sarebbe sistemato.

A completare il nostro gruppo questa sera c'erano Emma e Jackson. Emma guardò tra di noi. «Racconta. A quanto pare le uniche quattro persone che hanno visto questa bella donna sono Helen Sweet, Moira e le gemelle. Celia e Delia hanno detto che era bellissima. E strana,» aggiunse con una risata.

«Beatrice dice di averla vista camminare l'altro giorno. Era davvero bella,» ho risposto.

«Basta con il suo aspetto,» disse Zoe con un gesto della mano. «Cosa c'era di così strano in lei?»

«È entrata e ci ha chiesto se conoscevamo l'indirizzo di Nathan. Visto che non ci conosceva, è stato un po' sfacciato. Non che sarebbe difficile per lei scoprire il suo indirizzo con internet, ma non ho l'abitudine di dare informazioni personali così.»

«Moira, puoi dare il mio indirizzo a donne bellissime in qualsiasi momento,» scherzò Nathan.

Liam ridacchiò e scosse la testa. «Sei sicuro di voler dare il tuo indirizzo quando abbiamo una potenziale sirena che fa schiantare le barche agli uomini?»

Nathan sollevò una spalla in un leggero scrollamento. «Se è così bella, forse ne vale la pena. Voglio dire, nessuno di quegli uomini è morto.»

Sono scoppiata a ridere. «Sei pazzo.»

Nathan fece l'occhiolino. «Non sono un idiota, e sono sicuro di potermi prendere cura di me stesso se si presenta a casa mia.»

«Penso che sia una strega. Non riesco a credere che nessun altro l'abbia vista in giro da allora. Beh, tranne Beatrice.»

«Ha parlato con lei?» chiese Emma.

Jackson alzò gli occhi al cielo, ed Emma gli lanciò un'occhiata come se lo sentisse. «Cosa?» esigette.

Lui sorrise. «Sembri non avere problemi ad essere curiosa.»

«Ehi,» dissi, alzando una mano, «anche io sono una persona curiosa. Devi essere curioso se vivi a Charm Cove. È l'unico modo per prendersi cura di se stessi.»

«Sul serio, Beatrice ha parlato con lei?» ripeté Emma.

Scossi la testa. «Ha detto di averla solo vista camminare.»

«Hai per caso ottenuto il suo nome?» intervenne Nathan.

«No. Non abbiamo avuto molta occasione. Sono sicura che qualcuno la vedrà di nuovo e le daremo il tuo indirizzo, Nathan.»

Sorrise proprio mentre arrivavano le nostre bevande.

———

La mattina seguente, Ghost uscì per il suo solito giro dopo aver fatto colazione. Quando non tornò all'ora in cui solitamente lo faceva, uscii per indagare. Mi ero alzata presto, così indossai una giacca leggera per proteggermi dal fresco mattutino e camminai verso la riva.

La mia intuizione era che si sarebbe trovato in spiaggia, guardando la piccola isola in lontananza. E infatti, era proprio lì. Quando l'ho raggiunto, aveva quello stesso sguardo leggermente assente di quando l'avevamo trovato lì in precedenza. Una volta preso in braccio, l'ho portato a casa e lui si è sistemato nel suo posto preferito al sole del mattino sul davanzale della finestra.

Liam è sceso, con i capelli ancora umidi dalla doccia.

«Ghost era di nuovo in spiaggia», ho detto. «Mi chiedo se dovremmo iniziare a chiudere la porticina per gatti».

Liam ha guardato prima me, poi Ghost, che in quel momento si stava leccando sul davanzale. «Non sono sicuro che a Ghost piacerebbe stare dentro tutto il giorno. Ha praticamente vissuto allo stato brado fino a quando tu non sei tornata l'estate scorsa».

«Lo so. Sono solo un po' preoccupata», ho risposto mentre giravo attorno al bancone. «È strano che continui a fissare quell'isola. Anche se so che Daniel *non* sarebbe d'accordo, sono tentata di fare una visita là fuori».

Gli occhi di Liam si sono socchiusi proprio mentre qualcuno bussava alla porta. «Aspetta un attimo», ha detto voltandosi, facendo qualche passo e aprendo.

Mio fratello Gabriel era lì. «Buongiorno», ha esclamato mentre Liam lo faceva entrare con un gesto.

«Cosa ti porta qui?» ho chiesto fermandomi per rabboccare il caffè che stavo bevendo prima di andare a cercare Ghost.

«Ho finito di nuovo il caffè», ha risposto Gabriel con un sorriso imbarazzato.

Liam ha riso e gli ha dato una pacca sulla spalla mentre Gabriel gli passava accanto. Si sono seduti entrambi sugli sgabelli mentre riempivo due tazze di caffè e mettevo sul bancone la crema per loro.

Appoggiando il fianco contro il bancone, ho preso un sorso del mio caffè e ho guardato Liam, immaginando che avrebbe ripreso la conversazione esattamente da dove l'avevamo interrotta. Non mi ha delusa. Guardando mio fratello, ha scosso lentamente la testa. «Moira pensa che potremmo dover fare una visita all'isola. Io credo sia davvero una pessima idea. Tu che ne dici?»

Gabriel mi ha lanciato un'occhiata. «Sono d'accordo. Non è un buon piano. Specialmente con la Guardia Costiera e la polizia là fuori. In tutto ci sono stati sette naufragi ormai».

«Sette?» ho chiesto. «Pensavo che ci fossero i primi tre e poi altri due».

«E altri due ieri notte. Non hai guardato il telegiornale questa mattina?» ha chiesto Gabriel tra un sorso di caffè e l'altro.

«No. Durante la notte?»

«Sì. Entrambi da Charm Cove. Sono partiti dal molo dopo il tramonto».

Ho sorseggiato il mio caffè. «La situazione sta diventando bizzarra».

«Credo che abbiamo già superato il livello del bizzarro», ha commentato Liam con una risata sommessa.

«Ok, so che voi pensate sia folle provare ad andare sull'isola, ma credo che qualcuno debba farlo. Non vedo perché non dovremmo fare un po' di indagini per conto nostro». Gabriel e Liam si sono guardati e poi hanno rivolto lo sguardo verso di me, con identiche espressioni scettiche sui loro volti. «Oh, datemi tregua». Facendo una pausa, ho preso un sorso del mio caffè. «Se non lo facciamo noi, lo farà qualcun altro».

«Questo è vero», ha finalmente ammesso Gabriel.

«Dobbiamo parlarne con Daniel. Se non lo facciamo, non la prenderà bene», ha detto Liam.

«Chiamerò Zoe oggi. Di solito Daniel ha difficoltà a dirle di no», ho detto con un sorriso malizioso.

CAPITOLO SEI

Più tardi quel pomeriggio, dopo che i gemelli erano arrivati per dare una mano al negozio, ebbi finalmente qualche minuto libero per chiamare Zoe.

«Che succede?» disse non appena rispose.

«Vado subito al punto. Penso che qualcuno, non mi importa chi, debba andare su quell'isola. Abbiamo pensato che tanto vale provare a convincere Daniel piuttosto che farlo arrabbiare per questo.»

Zoe rise. «Oh, assolutamente. Sta già ipotizzando che qualcuno proverà a farlo di nascosto. Gli chiederò stasera. Chi si offre volontario?»

«Penso che debba essere qualcuno con una barca. In tal caso, sto pensando o a Nathan o a Gabriel.»

«Ha senso. Gli parlerò e ti mando un messaggio più tardi, va bene?»

«Sei un tesoro», la presi in giro.

«No, sono solo curiosa quanto te e voglio sapere che diavolo sta succedendo laggiù. Mia madre pensa che abbiamo bisogno di un aiuto streghesco per le indagini. Ne stava parlando proprio stamattina.»

Celia chiamò il mio nome dal negozio. «Devo andare. Aspetto tue notizie più tardi. Grazie per essere fantastica», dissi velocemente prima di riattaccare.

Mi affrettai verso l'ingresso, aiutando Celia con l'ordine di un cliente che desiderava un braccialetto con ciondoli fatto su misura. Più tardi quella sera, Zoe mi scrisse per comunicare che Daniel preferiva che qualcuno parlasse con lui dell'idea di andare sull'isola.

In quest'ottica, Liam e io ci recammo al Faro Beacon's Charm per parlare con Nathan e Gabriel. Si dava il caso che Gabriel fosse già da quelle parti e ci aveva suggerito di fermarci a incontrarlo lì. Scendendo dall'auto di Liam, mi fermai a guardare il faro. Come molti fari che punteggiano la costa orientale, questo faro era vecchio di diversi secoli. Ogni pezzo di materiale utilizzato nella sua costruzione era stato incantato al momento della sua edificazione. Come tale, era un faro piuttosto potente e profondamente protetto.

Funzionava anche grazie alla magia sin da quando era stato costruito, a parte un breve periodo di alcune settimane quando dei ladri avevano tentato di rubare la sua magia per sempre. Si ergeva alto sulla costa rocciosa all'estremità meridionale del litorale di Charm Cove.

Attraversammo il parcheggio di ghiaia. C'erano ancora alcune auto di visitatori. D'estate, oltre a funzionare come un faro operativo, il faro era un'attrazione turistica. I visitatori venivano durante il giorno per godersi la sua gloriosa vista sull'Oceano Atlantico e sulle montagne vicine.

Il sole stava iniziando a tramontare a ovest, tingendo il cielo con sfumature d'oro e mandarino, le nuvole leggere e soffici erano iridescenti mentre i colori le attraversavano. Una leggera brezza soffiava dall'oceano, l'aria salata era fredda nonostante fosse il culmine dell'estate. Persino i giorni più caldi nella costa centrale del Maine non erano mai troppo caldi.

Liam mi tenne la porta alla base del faro, aspettando che una famiglia uscisse dal loro tour. Una volta entrati, Nathan ci chiamò dal lato, «Salite pure. Quello era l'ultimo gruppo della giornata».

Al piano terra del faro non c'era molto oltre a una piccola area dove i turisti si registravano con una vetrina che conteneva vari manufatti. Una scala a chiocciola conduceva ai piani superiori. Il piano centrale ospitava degli alloggi, anche se non venivano utilizzati da anni. Al piano superiore c'era l'area di osservazione e la luce vera e propria.

Liam mi seguì su per la scala a chiocciola che abbracciava il bordo della struttura circolare. Lungo il percorso c'erano alcuni scomparti di deposito costruiti nelle pareti, tutti contenenti oggetti incantati. I turisti di solito trovavano il posto affascinante. Non sapevano che tutto qui conteneva un immenso potere.

Come la maggior parte delle attività commerciali e delle zone turistiche di Charm Cove, attiravamo più turisti rispetto alle altre cittadine vicine. La magia faceva miracoli. Non mi sarei lamentata dato che aveva certamente fatto guadagnare un sacco di soldi alla mia famiglia nel corso dei secoli.

Raggiungemmo l'ultimo piano e trovammo Gabriel che scrutava attraverso le finestre.

«Ciao», chiamai mentre entravamo nella grande stanza superiore.

Gabriel si raddrizzò, guardando verso di noi con un sorriso. «Come va?»

Mio fratello era molto attraente con i suoi capelli scuri, occhi verdi e lineamenti scolpiti. Infilando le mani nelle tasche, si avvicinò per incontrarci a metà strada nella stanza.

Questa stanza superiore aveva pavimenti in legno lucido e finestre tutt'intorno. C'era una singola porta che conduceva a una piccola stanza tra due delle finestre. Lo spazio conteneva un bagno e abbastanza spazio per un lettino, ai tempi in cui le persone dormivano effettivamente nel faro. Anche se funzionava con la magia, dovevamo mantenere l'apparenza che fosse un tipico faro. Gli aggiornamenti moderni rendevano possibile il funzionamento dei fari tramite vari sensori.

Non sapevo esattamente come funzionava la magia. Sapevo che era stato necessario un gruppo per riattivare l'incantesimo dopo che la magia era stata temporaneamente interrotta l'anno scorso durante le festività.

«Allora, qual è il piano?» chiese Gabriel quando lo raggiungemmo.

«Non lo so, ma avrei bisogno di sedermi», risposi mentre mi spostavo di lato e mi accomodavo su una sedia in una piccola area salotto.

Gabriel e Liam si unirono a me. Liam iniziò: «Per quanto ne so, Daniel è d'accordo che qualcuno vada all'isola con lui, il che sarà domani. Dice che potete incontrarlo lì, anche se è un po' preoccupato che la vostra barca possa finire incagliata».

«Davvero?» chiese Gabriel.

«Credo che sia preoccupato che possiate essere richiamati dalla sirena», suggerii alzando gli occhi al cielo. «Curiosamente, a parte una, tutte le barche che si sono schiantate non erano guidate da una strega o uno stregone».

In quel momento, Nathan entrò nella stanza. «Ho appena sentito che posso andare su quell'isola? Forse incontrerò la donna che mi sta cercando», scherzò mentre si avvicinava, lasciandosi cadere sull'ultima sedia rimasta.

Gemetti. «Dovresti essere preoccupato, non entusiasta».

«Preoccupato per una bella donna che mi cerca? Non credo proprio», rispose.

«È per questo che vado anch'io? Sono il suo chaperon», commentò Gabriel con un sorriso.

«Oh mio Dio, no. Vai perché hai il potere di percezione. Puoi percepire se è stata lanciata qualche magia».

«Perché posso andare io? Non ho la magia di percezione», intervenne Nathan.

«No, ma puoi mimetizzarti e puoi tracciare gli incantesimi fino alla loro fonte. Dobbiamo capire da dove proviene l'incantesimo. Se c'è un incantesimo», spiegai.

«Giusto».

«Daniel ha detto di incontrarlo domani mattina all'alba alla stazione di polizia», interloquì Liam. «Potete seguirlo. La Guardia Costiera ha praticamente concluso le indagini, ma stanno ancora occupandosi delle barche».

«Sono anni che non vado lì. Non ricordo quanto sia grande», commentò Nathan.

«È piccola. A volte andavamo a pescare lì. Un lato è piuttosto roccioso e l'altro digrada verso una spiaggia sabbiosa. Direi che non supera il chilometro e mezzo quadrato», offrì Liam.

«Va bene, è tutto quello che dobbiamo sapere?» chiese Gabriel.

«Penso che voi due dobbiate restare vicini. Una volta che percepisci qualche magia, segui la traccia. Quello che non sappiamo è cosa aspettarci da un incantesimo di sirena. Se ce n'è uno. Sono così rari che non abbiamo molti riferimenti», spiegai.

«Immagino che l'incantesimo debba essere piuttosto potente se gli uomini sono disposti a essere così stupidi», scherzò Nathan.

«Non lo sappiamo davvero. Proprio come sappiamo che molte storie su streghe e stregoni non sono per niente accurate, anche questa potrebbe essere fuori strada. Per quanto ne sappiamo, ci potrebbero essere stati altri incantesimi di sirene, ma non sono stati rintracciati perché sono stati attribuiti a nient'altro che naufragi dovuti a cause naturali», disse Liam.

«Ehi, perché sono sempre gli uomini a essere chiamati dalle sirene?» chiese Nathan.

Liam ridacchiò. «Credo che non sappiamo nulla di diverso. Per quanto riguarda quello che è successo qui, sono state solo barche guidate da uomini».

«Penso che sia sessista», brontolò Nathan.

«Oh, per l'amor di Dio. Fino al secolo scorso circa, alle donne era a malapena permesso navigare. Non essere sciocco. Inoltre, è molto meno probabile che le donne si facciano trascinare verso la morte per una bella donna anche se sono innamorate della donna in questione», intervenni con un'occhiata al cielo.

«Così vero», offrì Gabriel con tono asciutto.

«Quindi, manderete un messaggio o chiamerete non appena sarete tornati», dissi alzandomi dalla sedia.

«Ti sta uccidendo il fatto di non poter andare», mi prese in giro Gabriel.

«Non è vero. La mia magia non ha nulla da offrire per questo viaggio, ma ciò non cambia il fatto che mi piacerebbe sapere subito cosa scoprite. Sono sicura che lo vorremmo tutti. Qualsiasi cosa per porre fine a questo ultimo fiasco. Ho un matrimonio in arrivo e non ho tempo per questo».

Liam si alzò accanto a me, facendo scorrere il palmo della mano sulla mia schiena e stringendo leggermente la nuca. «A questo punto tutto quello che dobbiamo fare è presentarci al matrimonio», mormorò mentre si chinava per darmi un bacio sulla guancia.

«Ci sarò in pompa magna», scherzò Nathan mentre ci voltavamo e uscivamo.

CAPITOLO SETTE

Il pomeriggio seguente, attraversai il parco cittadino per un'extra dose di caffè da Magic Beans. Sarah Glen mi accolse con un largo sorriso da dietro il bancone. «Il tuo solito caffè con shot di espresso?» mi chiese.

«Assolutamente. Fallo doppio. Oggi è stata una giornata pazzesca», le spiegai.

Mentre preparava il mio caffè, mi lanciò un'occhiata. «Hai sentito l'ultimo pettegolezzo?»

«Dipende di cosa si tratta».

«La gente si chiede se i naufragi abbiano qualcosa a che fare con quell'operazione di traffico di droga».

«Traffico di droga?» ripetei mentre tiravo fuori i soldi dal portafoglio e li appoggiavo sul bancone.

Sarah si voltò, facendomi scivolare la tazza di caffè e afferrando rapidamente la banconota da cinque dollari per contare il resto. Alzando lo sguardo, annuì lentamente. «Sì. Non hai sentito nulla a riguardo?» mi chiese mentre mi restituiva il resto.

«Ehm, no. Non posso dire di aver sentito nessuno parlare di droga. Non so nemmeno di quale operazione di traffico tu stia parlando. Raccontami», risposi prima di prendere un sorso di caffè.

Sarah fece un leggero cenno con le spalle. «Mentre eri all'università, c'è stata una grande operazione di traffico di droga smantellata dalla polizia a Windy Bay», cominciò, riferendosi a una cittadina vicina. «Era su tutti i notiziari locali. Stavano contrabbandando oppiacei dal Massachusetts, Connecticut e New York. A quanto pare ci sono riusciti per un po' usando barche da pesca. Alcuni ragazzi sono stati arrestati e le cose si sono calmate.

«Ma circolavano voci occasionali che altre persone continuassero con il traffico. Lo scorso fine settimana ero fuori con Billy Levesque, e lui mi ha detto di aver sentito da un suo vecchio amico che erano tornati in attività a Windy Bay. Uno dei ragazzi era preoccupato di essere scoperto, così ha deciso di inscenare un naufragio. L'intera storia sembra folle, ma poi ho pensato che era già completamente assurdo che ci fosse del traffico di droga da queste parti».

Presi un altro sorso di caffè mentre assimilavo la notizia. «Ora che me lo ricordi, mi vengono in mente le notizie sul traffico di droga. Onestamente, me ne ero proprio dimenticata. Per caso sai se Billy ha menzionato qualcosa alla polizia? Voglio dire, non è coinvolto in queste cose, vero?»

Gli occhi di Sarah si spalancarono e tamburellò con le dita sul bancone. «Oh mio Dio, no! Moira, non ho l'abitudine di frequentare ragazzi coinvolti nel traffico di droga».

«Non intendevo in quel senso, mi dispiace», risposi rapidamente.

Mi fece l'occhiolino. «Ti stavo solo prendendo in giro. Billy non è assolutamente coinvolto. Gli ho detto che avrebbe dovuto parlarne con Daniel, e lui ha detto che aveva intenzione di farlo».

In quel momento, arrivò un altro cliente, fermandosi al bancone accanto a me. Sarah sorrise luminosamente, cambiando immediatamente tono. «Salve, cosa posso servirle oggi? È stato un piacere vederti, Moira», mi salutò mentre mi allontanavo con un cenno della mano.

Avrei voluto correre a parlare con Daniel subito, ma pensai che fosse meglio se lo sentisse direttamente da Billy. Guardando l'orologio, tornai al negozio, incontrando per caso Beatrice lungo il percorso. La sua casa era all'angolo del parco. Quando non faceva le sue camminate energiche, spesso girava per le strade. In quel momento aveva alcune borse della spesa sulle braccia mentre camminava rapidamente verso casa sua.

«Ehi, Beatrice», la chiamai con un cenno.

Alzò lo sguardo con un sorriso, fermandosi quando i nostri percorsi si incrociarono. «Notizie da Gabriel e Nathan?» chiese immediatamente.

Ridacchiai. «Non ancora. A quanto pare Nathan ha mandato un messaggio a Liam dicendogli che sarebbe venuto stasera per parlarne. Credimi, anche io vorrei saperlo prima, ma sono impegnata fino alla chiusura del negozio. Come stai?»

«Molto bene».

«Sono curiosa, cosa sai di tutta quella storia del traffico di droga a Windy Bay qualche estate fa?» chiesi.

Beatrice sorrise. «Certo che lo chiederesti. Ci sono di nuovo delle voci?»

«Ero appena da Magic Beans e Sarah ha menzionato che Billy Levesque ha sentito delle voci».

Beatrice scrollò le spalle. «Sono sicura che ci siano. Se c'è una cosa su cui puoi contare, è che il crimine continua, specialmente quando si tratta di soldi facili. Nessuno degli uomini coinvolti era di Charm Cove, ma passavano di qui con le loro barche e hanno fatto un bel gruzzoletto per tutto quel periodo. Quando la polizia ha annunciato che la loro grande indagine era finita, sapevo che non era davvero finita. Di solito prendono i pesci grossi, ma i pesci piccoli sono più furbi e restano sotto il radar».

«Conosci alcune delle persone che erano coinvolte?»

Beatrice gettò indietro la testa con una risata. «Devo dire che sono lusingata che tu possa pensarlo. Cara, posso essere intelligente e tenere l'orecchio a terra, ma non frequento assolutamente quegli ambienti. Inoltre, tutti i coinvolti erano di Windy Bay. Sono sicura che puoi chiedere a Daniel».

Proprio in quel momento, sentii il mio telefono vibrare in tasca. «Dovrei tornare al negozio e rispondere a questa chiamata. Ci vediamo presto, d'accordo?»

Beatrice mostrò un sorriso. «Certo». Con un cenno, si allontanò.

Tirando fuori il telefono, vidi un messaggio di Liam. *Ti serve qualcosa dal supermercato?*

Siamo rimasti senza vino.

Ci penso io. Prenderò i soliti. Pensavo di prendere la pizza per cena. Passo a prenderti tra circa mezz'ora.

Sorrisi mentre rimettevo il telefono in tasca. Non avevo avuto molto tempo per pensarci, ma non potevo credere che il nostro matrimonio fosse quasi arrivato. In un certo senso, questa sciocca questione delle sirene mi teneva distratta, il che era probabilmente una buona cosa. Anche se mi ero in gran parte adattata al mio destino, ogni tanto il suo peso mi colpiva.

Liam e io stavamo andando incontro al nostro destino, così diceva la leggenda. A quanto pare, se non ci fossimo sposati, i Wickeds e i Goods avrebbero potuto ricominciare a farsi la guerra. Già così c'erano occasionali scaramucce. Non volevo nemmeno immaginare le nostre famiglie che usavano i loro poteri l'una contro l'altra, come era successo in passato. Le nostre rispettive famiglie avevano abbastanza potere tra noi che era piuttosto importante andare d'accordo per mantenere le acque calme nel mondo delle streghe.

Il nostro matrimonio si stava avvicinando velocemente. In poche settimane, ci saremmo tutti riuniti in Scozia, e l'affare sarebbe stato fatto. Ero sollevata ed emozionata. Grazie al cielo amavo davvero Liam. Altrettanto importante, mi piaceva come persona. La sua personalità tranquilla era un buon contrasto alla mia tendenza a preoccuparmi. Per non parlare del fatto che mi faceva sentire le farfalle nello stomaco, cosa che suppongo sia un buon segno per un matrimonio duraturo. Lea e Jacob, l'ultima coppia predestinata di Wicked e Good, erano ancora felicemente sposati e, secondo la maggior parte degli standard, piuttosto passionali.

Tornai al negozio e aiutai i gemelli a finire la giornata. Dopo che i gemelli furono presi dal loro padre, aspettai sul marciapiede, sorridendo quando Liam si fermò al bordo della strada. Si allungò attraverso il sedile per aprirmi la portiera. Scivolando dentro, mi sporsi proprio mentre lui si girava per baciarmi. Il tocco delle sue labbra contro le mie mi mandò un brivido lungo la schiena.

«C'è un buon profumo qui dentro», commentai mentre lui si ritraeva.

Liam guardò nello specchietto retrovisore e poi lentamente si immise su Charming Way. «Sa di pizza», rispose con un sorriso. «Ne ho prese tre. Ho pensato che Nathan e Gabriel ne avrebbero avuto bisogno».

«Hai parlato con Nathan?»

Liam scosse la testa mentre svoltava da Charming Way sulla strada costiera che portava a casa nostra. «Mi ha mandato un messaggio dicendo che ci avrebbe aggiornato stasera. Sinceramente, non mi aspettavo di sentire molto. Dato che non ci sono stati altri naufragi, non mi aspettavo grandi novità».

«A proposito di novità, non ero qui quando è successa tutta quella storia del contrabbando di droga a Windy Bay. Cosa ne sai?»

Quegli eventi ebbero luogo quando Liam ed io eravamo via al college e durante l'anno o più in cui ci eravamo lasciati. Eravamo andati all'università insieme, ancora troppo giovani per comprendere appieno il nostro potere e cosa significavamo l'uno per l'altra. Ebbi un attacco di gelosia per una ragazza che flirtava con lui e accidentalmente diedi fuoco a un edificio. Incantesimo andato storto. Si vive e si impara.

Ci lasciammo, e io mi trasferii a New York City con tutte le intenzioni di dire addio alle mie abitudini da strega. Tutto ciò era durato poco, così come il breve matrimonio di Liam.

Ci ritrovammo entrambi qui. Ogni tanto, mi meravigliavo ancora degli eventi che ci avevano riportato insieme. Direi che è stato un caso, ma essendo una strega, sapevo decisamente che non era così.

Lui guardò di lato e annuì. «Un po'. Era su tutte le notizie. Perché lo chiedi?»

«Oh, perché Sarah di Magic Beans ha menzionato che Billy Levesque ha sentito delle voci in proposito e uno dei tizi ha deciso di inscenare un naufragio. Ha detto che avrebbe parlato con Daniel».

Liam sorrise. «Vuoi dirmi che non sei già andata da Daniel per parlarne?»

Ridacchiai. Conosceva la mia tendenza all'impazienza. «Non l'ho fatto. So che se glielo dico, mi dirà che ha bisogno di parlare con Billy».

Liam annuì. «A parte quello che c'era nelle notizie, questo è tutto quello che so sul contrabbando di droga. Sarah ti ha dato qualche dettaglio in più?»

«No. L'ho chiesto a Beatrice quando l'ho incontrata, ma nemmeno lei sapeva nulla».

Liam annuì mentre svoltava nel nostro lungo vialetto. La nostra dependance era appartata dalla strada attraverso un boschetto di alberi. «Beh, se c'è una connessione con i naufragi qui, quell'isola è vicina a Windy Bay quanto lo è a Charm Cove».

«Vero».

Liam percorse il cerchio alla fine del vialetto, e la nostra conversazione si concluse effettivamente in quel momento. Io portai dentro le pizze, mentre Liam raccolse la spesa. Quando avevamo riposto la spesa e Ghost aveva consumato il suo pasto serale, arrivò mio fratello.

«Oh perfetto, sto morendo di fame», disse Gabriel dopo averci salutato e essersi sistemato su uno sgabello al bancone.

«Serviti pure», risposi, indicando le scatole di pizza e i piatti messi accanto.

Poiché conoscevo bene mio fratello e Nathan, avevo anche messo fuori delle birre per loro. Io stavo gustando un bicchiere di vino e mi servii una fetta di pizza al peperoni. Prima che avessi la possibilità di chiedere come fosse andata la loro visita sull'isola, ci fu un forte colpo alla porta prima che si aprisse, e Nathan chiamò: «Sono io».

«Entra pure», rispose Liam mentre scendeva le scale di corsa.

Ghost aveva assunto la sua postazione sopra la porta su una piccola mensola che non aveva assolutamente altro scopo se non quello di fargli fare un pisolino. Poteva raggiungerla attraverso una serie di salti scaglionati da un tavolo vicino alla porta, a una libreria, e poi a quella mensola. Si era appena acciambellato quando Nathan entrò dalla porta. Ghost saltò prontamente giù, atterrando sulla spalla di Nathan e usando quella come trampolino per arrivare al pavimento. Nathan semplicemente ridacchiò, chinandosi per grattargli sotto il mento prima di rialzarsi e camminare verso il bancone.

«Perfetto, sto morendo di fame», disse, quasi facendo eco al commento di Gabriel di pochi istanti prima.

«Quello è stato quasi un ditto», dissi con una risata.

Nathan si sedette accanto a Gabriel, guardandolo. «Ditto?»

«Sì, è quasi esattamente quello che ha detto Gabriel. Serviti pure, c'è pizza e birra».

Una volta che stavamo tutti mangiando con Liam e me seduti di fronte a Gabriel e Nathan, guardai tra di loro. «Ok, ho aspettato tutto il pomeriggio, e ora ho finito di essere educata. Cosa è successo sull'isola?»

Nathan bevve un sorso di birra prima di rispondere. «Niente di sconvolgente, anche se è stato interessante».

«Interessante come?» chiesi, facendo girare la mano in aria impazientemente.

«Qualcuno è stato sicuramente lì a lanciare un incantesimo. L'abbiamo rintracciato fino a un lato dell'isola. Era sul lato dove tutte le barche si sono arenate. Non c'era nessuno, ma non me lo sarei aspettato».

«Quindi sappiamo che è magia allora?» chiesi, guardando Gabriel.

Finì di masticare un boccone di pizza e annuì. «Oh, assolutamente. Nathan pensa che sia una donna, ma nessuno di noi due l'ha vista. È passata più di una settimana da quando le barche sono finite lì. Dovresti vederlo però. Sette barche da pesca, tutte ammassate su quel lato sabbioso. Ancora non riesco a credere che tutti quegli uomini abbiano affermato che una donna li ha attirati lì. Maledettamente ridicolo se vuoi il mio parere».

Nathan alzò gli occhi al cielo. «Lo so. Solo uno scherzo».

«Ma tu pensi che sia un incantesimo lanciato da una donna, ed è sicuramente magia. Cosa ne pensa Daniel?»

«Pensa che abbiamo bisogno di una storia migliore di quella se è quello che è realmente accaduto», disse Gabriel con una risata tra un boccone di pizza e l'altro.

In quel momento, il mio telefono vibrò da dove si trovava sul bancone. Guardando verso il basso, vidi un messaggio di mia madre. Osservando più attentamente, mi resi conto che era una fotografia del menu definitivo per il nostro matrimonio. Porgendolo a Liam, dissi: «Ecco qua. Questo è ciò che mangeremo al ricevimento».

Lui lo lesse diligentemente e sorrise. «Tutto sembra delizioso».

«È meglio che sia così», intervenne Nathan. «Voi due siete il matrimonio del secolo. E poi, dato che ci fate volare tutti in Scozia, è meglio che ci diate da mangiare bene».

«Esattamente quello che ho detto io», aggiunse Gabriel.

Liam riportò la conversazione sull'isola. «Non so se abbiamo ottenuto molto dalla vostra visita laggiù».

«Non è stato uno spreco di tempo», rispose Gabriel. «Siamo riusciti a risalire alla fonte della magia e confermare che *era* magia. Ho controllato ogni barca, e ciascuna aveva tracce di un incantesimo».

«Peccato che non sia facile arrivarci. Non è come se potessimo intrufolarci e far sì che qualcuno colga in flagrante della magia lì», dissi, fermandomi per sorseggiare il mio vino.

«Almeno sappiamo che è magia. Non credo che Jacob sarebbe in grado di rintracciare chi l'ha lanciata perché non penso sia qualcuno che conosciamo. La mia ipotesi è che sia quella donna che stava cercando Nathan», intervenne Liam.

«Lo spero proprio», scherzò Nathan.

«Dobbiamo trovarla di nuovo. A parte Beatrice, nessun altro ha segnalato di averla vista», dissi.

«Forse dobbiamo fare qualcosa per attirarla», suggerì Liam.

«Non è una cattiva idea», concordò Gabriel.

Finendo la mia fetta di pizza, mi alzai per mettere il piatto nel lavandino. «Tutto a posto con la birra, ragazzi?» chiesi guardando alle mie spalle mentre prendevo una bottiglia di vino accanto al lavello per riempire il mio bicchiere.

«Potrei prenderne un'altra», disse Liam.

«Tanto vale prenderne una per tutti noi», aggiunse Nathan.

Presi altre tre birre e tornai a sedermi al bancone mentre i ragazzi continuavano a divorare le pizze. Ghost saltò sullo sgabello rimasto libero accanto a me, e io gli accarezzai distrattamente la schiena.

«Beh, se stiamo parlando di attirare qualcuno, forse dovremmo parlare con Mama», dissi, guardando Gabriel.

«Oh, intendi come un incantesimo di richiamo di qualche tipo? Lei può richiamare oggetti, ma non sono così sicuro che funzionerà con una persona», rispose.

«Probabilmente no, ma di sicuro ci sarà qualche variante che potrebbe funzionare».

«La nostra sirena lo saprebbe», disse Liam con un occhiolino.

Gli diedi un leggero calcetto al piede. «Vero, ma se sta usando il potere da sirena, è piuttosto specifico secondo Alice. Chiamerò Mama domattina e parlerò con lei. Nel frattempo, forse dovresti essere un po' più proattivo nella ricerca della donna che ti sta cercando», dissi con uno sguardo eloquente a Nathan.

Lui rise. «Sono assolutamente d'accordo».

CAPITOLO OTTO

Alcuni giorni dopo, il mio fratello minore Cameron, che chiamavamo Cam, sarebbe arrivato a Charm Cove per le settimane precedenti al mio matrimonio. C'erano stati pochi sviluppi sul fronte delle sirene, con l'eccezione che la Guardia Costiera aveva essenzialmente dichiarato ogni naufragio un incidente. Anche se Daniel non condivideva molto, Zoe sospettava che ritenesse che le piste del perito assicurativo e del contrabbando di droga potessero effettivamente portare a qualcosa.

Lei ed io ci stavamo incontrando per un caffè al Magic Beans un pomeriggio mentre i gemelli mi coprivano al negozio. Dando un'occhiata, scrollò le spalle. «Sì, anche se Gabriel e Nathan hanno confermato che sull'isola era stata usata molta magia e che ogni singola barca aveva tracce di incantesimi, Daniel insiste sul fatto che ciò non significa che il perito assicurativo non stia cercando di architettare una truffa». Zoe alzò gli occhi al cielo e bevve un sorso del suo tè. Beveva religiosamente tè e non mancava mai di lamentarsi che non vedeva l'ora di poter bere caffè dopo aver avuto il bambino, con circa quattro mesi ancora da aspettare.

«Beh, Daniel ha ragione. Ci può essere magia e allo stesso tempo un semplice vecchio crimine. Onestamente, preferirei che fosse il perito assicurativo piuttosto che questa strana faccenda della sirena».

«Non avevi detto che avresti parlato con tua madre delle opzioni per l'incantesimo di richiamo?» mi chiese mentre dava un morso al suo scone.

«L'ho fatto. Sta indagando con Alice. Ci sono alcuni incantesimi combinati che potrebbero funzionare. Anche se ha spiegato che richiederebbe un po' di potere, quindi è qualcosa per cui vogliono pianificare. Per quanto mi riguarda, possono pianificare quanto vogliono. Che ci crediate o no, sto iniziando a diventare ansiosa per il matrimonio».

«Ansiosa? Per cosa? Stai sposando l'amore della tua vita e sistemando il mondo delle streghe realizzando il tuo destino. Nessuna pressione», rispose Zoe con una risatina.

«Non sono ansiosa nel senso che non voglio sposarlo. Sono solo nervosa. Eri nervosa quando tu e Daniel vi siete sposati?»

Lo sguardo di Zoe si fece serio. «Oh sì, non ricordi? Prima della cerimonia, ho quasi avuto un crollo. La cerimonia l'ha fatta sembrare una cosa importante anche se non avevo dubbi».

«Ah giusto, è vero, e poi stavi bene», risposi, ricordando alcuni momenti in cui aveva quasi iperventilato nello spogliatoio prima del suo matrimonio con Daniel. «È esattamente come mi sento io. Ora sto cominciando a chiedermi se sia stato stupido da parte nostra organizzare il matrimonio in Scozia. Tu non puoi nemmeno venire, e sei la mia migliore amica», dissi con un sospiro.

«Oh, non preoccuparti. Hai fatto quel piano prima di sapere che ero incinta e che il mio medico mi avrebbe sconsigliato un volo lungo. Inoltre, farete qualcosa al solstizio quando tornerai, giusto?»

«Sì. Ho cercato di convincere mia madre a farlo prima, ma lei insiste sul fatto che dobbiamo farlo vicino a un momento significativo dell'anno, e il solstizio d'inverno rappresenta nuovi inizi», risposi con un occhiolino esagerato.

Il solstizio d'inverno rappresentava effettivamente nuovi inizi, visto che era il punto di svolta di ogni anno quando le giornate iniziavano ad allungarsi nuovamente. Sebbene comprendessi certamente il potere e il significato di tali giorni, a volte l'unico modo per gestire l'essere soprannaturali in un mondo non così soprannaturale era prenderla alla leggera.

Zoe ridacchiò di nuovo e sorseggiò il suo tè.

«Vorrei che il matrimonio fosse già fatto, così potremmo rilassarci e andare avanti con le nostre vite», aggiunsi.

«Passerà presto. Pensa solo che tra qualche settimana sarai di ritorno qui, e sarai sposata. Hai deciso cosa vuoi fare riguardo al tuo cognome?»

Tamburellai con le dita sul tavolo, sollevando la tazza del caffè per un sorso, solo per scoprire che era vuota. «Penso di voler mantenere Wicked. Ma poi mi preoccupo che questo possa infastidire Liam».

«Oh, a quell'uomo non importa. Ti ama e basta. Inoltre, non è stato sempre così comune per le streghe prendere il cognome dei mariti. Alice Good conoscerebbe la storia, anche se ha preso il cognome del marito. Un tempo, tipo cinquecento anni fa, le streghe avevano quella cosa matriarcale e molte di loro mantenevano il cognome da nubile. Puoi dire che stai solo cercando di essere tradizionale», offrì con un occhiolino.

Feci un respiro profondo, lasciandolo uscire con un sospiro. «Ne parlerò di nuovo con Liam. Dice che non gli importa».

Il mio telefono vibrò dalla borsa. Allungando la mano, lo presi e guardai lo schermo. C'era un messaggio da mio fratello Cam.

Okay, non ci crederai. Ma ho appena trovato Nathan.

Guardai Zoe. «Ma che diavolo?»

«Immagino sia una domanda retorica», disse con un sorriso.

Digitai rapidamente una risposta. *Ma di che diavolo stai parlando?*

Cam rispose velocemente.

Mi sono fermato a Portland sulla strada per Charm Cove per pranzare. Ho trovato Nathan sui moli del porto vicino a Commercial Street. Ha detto che ha dato la sua macchina a una donna, e ha bisogno di un passaggio. Tutto piuttosto strano.

Ho passato il mio telefono a Zoe che ha letto velocemente il messaggio. «Ma che diavolo?» chiese mentre me lo restituiva.

Invece di continuare la conversazione via messaggio, ho premuto il pulsante di chiamata per Cam. Ha risposto subito. «Ho Nathan con me. Mamma ha accennato qualcosa su una sirena, ma nessuno mi ha detto che Nathan era innamorato di lei e ha regalato la sua macchina».

«Ma che diavolo?» chiesi, ripetendo ora la domanda per la terza volta negli ultimi minuti.

«Vuoi parlare con lui?» chiese mio fratello, con tono ironico.

Cam era sicuramente il burlone tra i miei fratelli. Lui e Albert, che chiamavamo Al, erano i miei due fratelli minori e per lo più si prendevano in giro a vicenda. Di tutte le persone che potevano incontrare Nathan in queste circostanze piuttosto strane, Cam era quello più propenso a prenderla con filosofia.

«Sì, mi piacerebbe», risposi, incrociando lo sguardo di Zoe e scuotendo la testa. Tutta questa storia era oltre lo strano.

In un secondo, la voce di Nathan arrivò attraverso la linea. «Ehi, Moira. Come va?» chiese, come se fosse perfettamente normale che apparentemente mio fratello minore lo avesse trovato in piedi vicino al porto a qualche ora di distanza dopo aver regalato la sua macchina a una donna.

Ok, avrei semplicemente seguito la corrente. «Che diavolo sta succedendo, Nathan?»

«Mi hai detto che dovevo impegnarmi di più per trovare la donna che stava cercando di trovarmi, così l'ho fatto. Si chiama Annette, e sono innamorato di lei», annunciò.

«Cosa?!»

«Proprio quello che ho detto. L'ho trovata. Si chiama Annette, e sono innamorato di lei. Mi stava cercando perché dice che siamo destinati a stare insieme», spiegò, con un tono calmo che contrastava con la sua ridicola spiegazione. «Oh, e non ho regalato la mia macchina. Gliel'ho prestata. La riporterà a Charm Cove. È stato conveniente che Cam mi abbia trovato perché stavo pianificando di chiamare Liam e chiedergli di venirmi a prendere, quindi gli ho risparmiato qualche ora di guida».

Rimasi in silenzio per un momento prima di decidere che non aveva senso arrabbiarmi con Nathan. Chiaramente, pensava che tutto questo fosse perfettamente normale.

«Gli hai sicuramente risparmiato un viaggio. Raccontami un po' di Annette, e come l'hai trovata?»

«È stato facile. Sono tornato a casa e ci ho pensato un po'. Mi sono ricordato di quel vecchio trucco, sai quello in cui puoi usare le bacchette un po' come nel gioco del telefono senza fili?»

Nathan si riferiva a un gioco d'infanzia che streghe e stregoni giocavano con le bacchette. Con l'incantesimo giusto, le bacchette potevano in qualche modo comunicare tra loro. Dovevi essere geograficamente vicino e avere l'incantesimo corretto.

«Uhm, ok. Ha funzionato davvero? Non lo faccio da anni».

«Nemmeno io. Ho tirato fuori la mia vecchia bacchetta e ho fatto quel buffo incantesimo sulla comunicazione. Quando mi sono fermato a fare benzina poco dopo, eccola lì».

«Sei sicuro che non sia stato solo un caso?»

Nathan rise. «Non lo so. A proposito, so che avevi detto che era bellissima, ma non le hai reso giustizia».

«Nathan, se posso chiedere, come puoi esserti innamorato di lei così in fretta?»

«Moira, non so come lo so. Lo so e basta. Proprio tu non dovresti prendermi in giro per questo. Tu e Liam avete quello sciocco incantesimo del destino e vi state per sposare».

Trattenni un sospiro e lanciai un'occhiata a Zoe dall'altra parte del tavolo, alzando gli occhi al cielo e dicendo senza voce, *È da pazzi*.

«Ok, quindi tornerai con Cam. Dov'è Annette?»

«Oh, giusto. Aveva una commissione da fare a Boston, così le ho detto di andare a occuparsene. Sarà a Charm Cove domani. Ho intenzione di portarla con me a cena dai genitori di Liam. Ho pensato che sarebbe il momento perfetto per farla conoscere a tutti. Ci sarai, vero?»

«Non me lo perderei, Nathan. Puoi ripassarmi Cam?» chiesi, pensando che avevo abbastanza di questa conversazione assurda.

«Certo», disse con facilità. «Ti parlo quando torno in città. Non vedo l'ora che tu conosca Annette».

Cam riprese il telefono, la sua risatina che risuonava attraverso la linea. «Hai chiarito tutto, sorellina?»

«Oh mio Dio! Cam, ti sembra anche solo vagamente normale?»

«Sì. Cioè, a parte questa cosa 'pazzo-per-Annette'. Non vedo l'ora di conoscerla anch'io».

«Tornate qui, d'accordo?»

«Stiamo arrivando», rispose con impertinenza.

Riattaccando il telefono, mi appoggiai con i gomiti sul tavolo e passai le mani tra i capelli, appoggiandone una sotto il mento mentre guardavo Zoe dall'altra parte del tavolo. «È davvero da pazzi».

Zoe scoppiò a ridere. «Ho sentito quasi tutto. Non vedo assolutamente l'ora di conoscere Annette. Per favore, assicurati che veniate all'Enchanted Spirits dopo cena domani. Voglio conoscerla».

Chiusi gli occhi e feci un respiro profondo. Riaprendoli, sorrisi. «Questa sarà interessante».

CAPITOLO NOVE

La mano di Liam si posò sulla parte bassa della mia schiena mentre mi teneva la porta per farmi entrare nell'ingresso principale della casa dei suoi genitori. Come previsto, ci stavamo incontrando per cena. Presumevo che sarebbe stata una riunione più numerosa del solito, considerando che Nathan stava portando il presunto amore della sua vita che aveva conosciuto appena il giorno prima.

Tra le nostre famiglie, spesso cenavamo una o due volte alla settimana con un cast variabile di partecipanti. I nostri passi riecheggiavano lungo il corridoio, mentre le voci provenivano dall'area della sala da pranzo. Questo da solo mi fece capire quanto fosse affollato. In queste vecchie case in stile coloniale, le aree al piano terra erano tipicamente divise con il corridoio al centro. La cucina e forse la lavanderia e qualche tipo di stanza informale si trovavano solitamente da un lato, mentre una sala da pranzo formale e un'altra area formale per sedersi dall'altro. Quando il gruppo era più piccolo, di solito mangiavamo in cucina dove c'era un grande tavolo sul retro.

Liam mi lanciò un'occhiata proprio prima di raggiungere l'arco che conduceva nella sala da pranzo e mi fece l'occhiolino. «Ora potrai incontrare di nuovo Annette», mormorò.

«È la cosa più strana», dissi, fermandomi e guardandolo. «Non posso credere che Nathan pensi di essere innamorato».

«E se lo fosse davvero?» ribatté Liam, con le labbra che tremavano agli angoli, minacciando un sorriso.

«In un *giorno*?» chiesi, incredula che stessimo anche solo avendo questa conversazione.

Liam si chinò, abbassando la testa per un bacio veloce che mi mandò una scossa di calore. «Non si sa mai».

Poi si voltò, prendendo la mia mano nella sua mentre entravamo nella sala da pranzo. Come avevo immaginato, la casa era piena stasera. I genitori di Liam, Alice e Liam Sr., erano presenti naturalmente, insieme alla sua sorella minore Juliette. Emma, Lea e Jacob, i gemelli, i miei genitori, entrambi i miei fratelli che erano in città, insieme a Beatrice Powers, la sua amica Eva e Penelope. Opal e Theo Good completavano il gruppo.

Una casa piena, davvero.

Mia madre mi vide per prima, chiamandomi da dove stava in piedi accanto alla credenza caricando un piatto di cibo. «Ciao, Moira e Liam. Venite a prendere qualcosa da mangiare».

Liam mi strinse la mano prima di lasciarla quando raggiungemmo la credenza, dove i miei genitori e alcune altre persone erano raggruppati. Nathan stava in piedi di lato con il braccio intorno alle spalle di Annette. Era bella proprio come la ricordavo.

Aveva un aspetto quasi regale con i suoi capelli scuri lucenti e la statura alta. I suoi occhi incontrarono i miei, e inclinò leggermente la testa in segno di riconoscimento. Emanava un'aria di trionfo, e avrei voluto poter capire cosa stesse cercando.

Liam mi diede una gomitata, e gli lanciai un'occhiata, «Che c'è?» chiesi.

«Cara, quello era il modo educato di Liam per farti sapere che stavi fissando», disse mia madre a bassa voce, con le labbra che si increspavano in un sorriso.

Alzai gli occhi al cielo. «Come vuoi».

Rimasi al fianco di Liam mentre prendevamo il cibo, fermandoci accanto a Nathan per le presentazioni lungo il percorso verso il tavolo.

Nathan sorrise, con gli occhi quasi stralunati quando guardò da noi ad Annette. «Questa è Annette», disse.

«Piacere di conoscerti, Annette. Sono contenta di vedere che hai effettivamente trovato Nathan», offrii.

«Oh sì. Ho capito la tua preoccupazione nel non fornire il suo indirizzo, ma come puoi vedere, non c'era nulla di cui preoccuparsi. Eravamo destinati a stare insieme», annunciò, lanciando uno sguardo significativo a Nathan.

Nathan si sporse per darle un bacio sulla guancia. Si sarebbe detto che fosse drogato dal modo in cui si comportava. Nathan, l'eterno burlone e civetta, era semplicemente pazzo per Annette.

Qualcun altro si fermò accanto a noi, e Liam si chinò, con la voce bassa nel mio orecchio. «Sediamoci».

Nel giro di pochi minuti, tutti erano seduti. Di solito, ci sarebbe stata una cacofonia a basso livello con così tanti di noi qui per cena e riuniti in un unico posto, ma non era il caso. Anche i gemelli, sempre curiosi e quasi sempre chiacchieroni, erano leggermente sommessi.

Data la presenza di Annette e la devozione di Nathan verso di lei spuntata dal nulla, penso che tutti fossero un po' sconcertati dalla piega degli eventi. Io certamente lo ero.

Alice alla fine riuscì ad avviare la conversazione su un piano socialmente educato. «Allora, Annette, raccontaci come sei finita qui dalla Louisiana».

Annette finì di masticare un boccone e posò la forchetta, i suoi movimenti eleganti e attenti. Guardando Alice, sorrise educatamente. «Ho avuto una visione, e sapevo che dovevo incontrare Nathan. Quindi eccomi qui».

Incrociai lo sguardo di mio padre. Non avevo ancora avuto la possibilità di chiedergli se sapeva con certezza se Annette avesse poteri magici. La telepatia non era nemmeno necessaria. Nel momento in cui mi vide guardarlo, mi fece l'occhiolino e annuì.

Mia madre riprese il filo della conversazione. «Com'è New Orleans? Non ci sono mai stata».

«Oh, è davvero incantevole, una città bellissima con tonnellate di storia. Le cose sono un po' cambiate dopo l'uragano di qualche anno fa, che ha causato molte inondazioni in alcune aree. Tuttavia, è una città robusta e si è ripresa».

«Cosa ne pensi del Maine?» chiese Cam.

Annette inclinò la testa di lato, lanciando uno sguardo pudico a Nathan, che non aveva ancora tolto gli occhi da lei tra un boccone e l'altro. «È adorabile. Avevo sentito parlare di Charm Cove, naturalmente. È una meta turistica ben nota, ed era su tutte le notizie qualche mese fa con quella storia delle margherite. Trovo che sia affascinante che ci siano tutte queste sciocche voci sulle streghe».

Opal aveva la forchetta a metà strada in aria con un boccone di cibo diretto verso la bocca. La forchetta si bloccò, e lo sguardo di Opal era fisso su Annette. La sua espressione era impassibile, ma conoscevo bene Opal, ed era chiaro che non si fidava di Annette.

Considerando che probabilmente tutti nella stanza percepivano che Annette era una strega, sembrava poco sincera. Annette aveva chiaramente sottovalutato il suo pubblico.

Lea lasciò uscire una piccola risatina e scosse la testa mentre si fermava per bere un sorso di vino. «Oh sì, quelle margherite. Chi l'avrebbe mai detto. Siamo abituati alle voci, quindi non è nulla di insolito».

Celia intervenne. «Penso sia strano che tu sia appena arrivata e ora stai dicendo che tu e Nathan siete fatti l'uno per l'altra. L'amore non funziona così.»

Delia annuì vigorosamente. «Esattamente. Sei arrivata chiedendo dove fosse Nathan e ora ti comporti come se lo amassi. È strano.»

Nessuno intervenne per rimproverare nessuna delle due. Sentii Liam soffocare rapidamente una risata al mio fianco. Eravamo tutti perfettamente felici di lasciare che le gemelle fossero maleducate. Quando Annette guardò nella nostra direzione, notai che socchiudeva gli occhi.

Nathan intervenne. «Voi ragazze siete troppo giovani per capire. Neanch'io ci crederei, ma l'amore è amore.»

«Beh, questo è profondo», commentò Gabriel dall'altra parte del tavolo.

Dovetti mordermi la lingua per non ridere. A questo punto, Alice riportò la conversazione su un terreno più sicuro, ponendo domande educate sulla storia di New Orleans e offrendo innocui aneddoti su Charm Cove e sulle zone che raccomandava ad Annette di visitare durante il suo soggiorno nel Maine.

Più tardi quella notte, dopo che Liam e io fummo tornati a casa, mi appoggiai alla sua spalla sul divano, infilando i piedi sotto i fianchi. Ghost era accoccolato dall'altro lato di Liam, il suo fuso risuonava dolcemente.

«Non so nemmeno cosa pensare», dissi mentre Liam si sporgeva in avanti per prendere il telecomando e accendere la televisione.

«Credo sia sicuro dire che nessuno sa cosa pensare. Anche se nessuno a quel tavolo si fida di Annette. È sicuramente una strega e sta chiaramente fingendo di non sapere nulla di Charm Cove e delle streghe. Dovresti letteralmente vivere sotto un sasso per essere una strega o uno stregone in qualsiasi parte del mondo e non sapere di Charm Cove», commentò.

«Lo so», dissi con un sospiro mentre lui selezionava un programma di ristrutturazione case e posava il telecomando, avvolgendomi le spalle con il braccio. «Cosa pensi che voglia da Nathan?»

«Non ne ho idea. Cercherò di parlare con lui domani se riesco a prenderlo da solo.»

«Non so se servirà a molto. Cam ha detto che ha fatto discorsi poetici su di lei durante il viaggio di ritorno da Portland», risposi.

«Posso solo immaginare», disse Liam con tono secco. «Sinceramente sono sollevato che Cam abbia incontrato Nathan e l'abbia riportato a casa. Non avevo bisogno di ascoltare quelle cose per ore.»

«Domani andrò a parlare con Daniel.»

«Di cosa? Non è un crimine che Nathan si innamori perdutamente di una donna. Potrebbe sembrare fuori carattere per lui, ma non so cosa Daniel possa fare al riguardo.»

«Lo so, ma voglio verificare con lui se ha avuto la possibilità di seguire le piste sui contrabbandieri e sul perito assicurativo.»

CAPITOLO DIECI

La sera seguente, decisi di partecipare alla riunione ordinaria del Consiglio Comunale di Charm Cove. Liam era impegnato in una riunione presso la società d'investimento della sua famiglia per uno dei loro clienti più importanti, così convinsi Zoe ed Emma a venire con me. Quando avevo chiamato Daniel prima durante la giornata, come previsto, non mi aveva offerto molte informazioni. Come Liam aveva immaginato, non pensava ci fosse un accidenti che potesse fare riguardo alle nostre preoccupazioni sulla sospetta Annette.

Detto questo, Daniel mi aveva riferito che gli era stato chiesto di partecipare alla riunione cittadina di stasera per un aggiornamento sugli incidenti navali sull'isola, da qui la mia decisione di partecipare alla riunione. Andai a prendere Emma al lavoro, e anche Zoe ci raggiunse lì.

«Siamo pronte?» chiesi mentre parcheggiavo la mia piccola utilitaria rossa nel parcheggio dietro il Municipio di Charm Cove.

«Certo che siamo pronte», disse Emma, strofinandosi le mani e sorridendomi nello specchietto retrovisore. «Adoro queste riunioni. Sono sempre esilaranti».

«La parte migliore è quando senti tutti quelli del Consiglio che sono streghe o stregoni che cercano di parlare di tutto come se non sapessero nulla di quelle cose», aggiunse Zoe con un sorriso.

Scendemmo insieme. Il parcheggio era piuttosto pieno. Queste riunioni tendevano ad essere ben frequentate, indipendentemente dall'argomento. Sebbene le barche che si schiantavano sull'isola non fossero così dirompenti come erano state le margherite, chiunque pescasse commercialmente o personalmente era preoccupato per il rischio per le proprie imbarcazioni.

Finora, eravamo riusciti a mantenere queste storie fuori da tutto ciò che andasse oltre le notizie locali. I servizi giornalistici si erano concentrati sull'angolazione di potenziali frodi assicurative con qualche accenno a preoccupazioni riguardanti la precedente operazione di contrabbando di droga.

Il Municipio di Charm Cove era ospitato in un maestoso edificio di granito rosa all'angolo tra Wicked Way e Good Lane. Entrammo dal retro, con le voci dalla sala riunioni al piano superiore che filtravano giù per le scale. Entrammo e prendemmo posto. Guardandomi intorno, vidi Opal seduta verso la parte anteriore con Penelope. Salutai con un cenno, e Opal ricambiò con un sorriso, mentre Penelope ricambiò il saluto con entusiasmo.

Il Consiglio Comunale di Charm Cove era composto per circa due terzi da streghe e stregoni. Quella era più o meno la proporzione della popolazione a Charm Cove in generale, con la maggioranza della città composta da streghe e stregoni mescolati a persone non soprannaturali. Sebbene streghe e stregoni avessero fondato la città, nel corso dei secoli, altri si erano trasferiti qui. C'erano alcune famiglie amiche - ovvero quelle che conoscevano l'esistenza di streghe e stregoni e li sostenevano. Per esempio, Daniel. Era imparentato con alcune streghe dal lato materno e aveva sposato Zoe, la cui intera famiglia era streghesca.

Altri, invece, non ne sapevano nulla e pensavano che fosse solo una storia affascinante e stravagante da sfruttare per le loro attività. Perché il business era ciò che contava qui. Charm Cove era una comunità fiorente con un'industria della pesca commerciale sana e un'economia turistica.

Beatrice Powers era opportunamente la presidente del Consiglio

Comunale di Charm Cove. Gestiva tutto con polso fermo e navigava abilmente nella politica a volte spinosa di una piccola città piena di streghe e stregoni.

Guardando il grande orologio montato nella parte anteriore della sala, vidi che mancavano solo pochi minuti all'inizio della riunione. «Mi chiedo se Daniel verrà ancora», commentai.

«Oh, verrà sicuramente», disse Zoe con un sorriso. «Gli ho detto che sarei stata tra il pubblico, e mi ha fatto promettere di comportarmi bene».

Come evocato dai nostri commenti, Daniel entrò dalla porta laterale nella parte anteriore della sala, seguito dal resto dei consiglieri. Il mormorio si placò tra il pubblico, e Beatrice si alzò per dichiarare ufficialmente aperta la riunione.

«Sei pronta?» chiese Beatrice, guardando verso la verbalizzatrice ufficiale della città. Anna Goodness era anche la receptionist della stazione di polizia.

«Pronta come non mai», rispose Anna. Anna, per fortuna, era anche una strega, quindi era molto utile nel gestire i verbali educatamente vaghi su questioni streghiche.

Beatrice guardò il pubblico e inclinò leggermente la testa. «Siamo qui per la riunione mensile del Consiglio. Questa è la prima di agosto, e l'unica che abbiamo avuto quest'estate finora, dato che di solito evitiamo le riunioni durante i mesi estivi. Copriamo prima le questioni ordinarie», disse Beatrice prima di sedersi.

Il Consiglio esaminò rapidamente alcune licenze per nuove attività commerciali e ristoranti. Ci fu una discussione, che includeva membri del pubblico, riguardo una disputa di zonizzazione per una casa che si trovava in un'area ad uso misto.

Una volta risolta la questione, Opal alzò la mano. Beatrice le diede la parola: «Sì, Opal?»

«Secondo l'ordine del giorno, questi sono tutti gli affari ordinari, quindi ho pensato che dovremmo passare subito alla discussione sullo stato dell'indagine sui naufragi», disse Opal.

«Certamente. È per questo che abbiamo invitato Daniel Levesque a darci un aggiornamento sulla situazione. Ha un aggiornamento dalla Guardia Costiera, così come sull'indagine della polizia. Daniel, assicurati che il tuo microfono funzioni», disse Beatrice mentre si girava nella sua direzione.

Daniel tirò il piccolo supporto del microfono attraverso il tavolo davanti a lui e lo colpì leggermente. «Mi sembra che funzioni», disse quando il suono del suo colpetto echeggiò nella stanza. Ci furono alcune risatine e poi Daniel iniziò. «Sono sicuro che tutti siano stati felici di sentire che non ci sono state più barche che si sono arenate sull'isola».

Qualcuno gridò dal pubblico: «È stata presentata la domanda per chiamare l'isola Canto della Sirena».

Questo suscitò un'ondata di risate tra il pubblico mentre Beatrice alzava gli occhi al cielo e Daniel manteneva un'espressione calma sul viso. Lo conoscevo abbastanza bene da sapere che voleva alzare gli occhi al cielo. Nel frattempo, Zoe ridacchiava accanto a me.

«Cosa c'è di così divertente?» chiesi, sporgendomi e mantenendo la voce bassa.

«Quel nome. Daniel pensa che sia ridicolo».

«Sono d'accordo», mormorai. Daniel riprese a parlare, così ci voltammo per guardare davanti.

«La Guardia Costiera ha concluso le indagini e ha dichiarato che si è trattato di incidenti in tutti i casi. Per quanto li riguarda, questo è il rapporto ufficiale. Per quanto concerne le indagini della polizia, stiamo seguendo le piste principali, che riguardano una potenziale frode assicurativa e un possibile collegamento con la vecchia operazione di contrabbando di droga a Windy Bay. Preferirei non entrare nei dettagli, ma stiamo procedendo a un buon ritmo. In base alle informazioni in nostro possesso, non credo che qualcuno debba preoccuparsi di altre barche che finiscano incagliate su quell'isola. Sebbene non si ritenga sia correlato alle condizioni meteorologiche, la Guardia Costiera ha posizionato alcune boe nelle vicinanze per servire da avviso a chiunque si trovi in acqua e non conosca la posizione dell'isola».

Quando Daniel fece una pausa, la mano di qualcuno si alzò tra il pubblico. Daniel annuì nella sua direzione. «Sì?»

«E tutte quelle storie sulla sirena? C'era un articolo su *The Ink Spot* a riguardo», disse un'anziana signora tra il pubblico. Era una nuova arrivata in città. Sua figlia e suo genero avevano aperto un bed and breakfast, e lei viveva con loro. La nuova famiglia non era certamente né strega né stregone.

Daniel, ancora una volta, mantenne un'espressione neutra. Nel frattempo, dovetti dare una gomitata a Zoe per impedirle di ridacchiare di nuovo. La divertiva infinitamente vedere suo marito che cercava di destreggiarsi nel ruolo di capo della polizia in una città capace di magia.

«Anche se siamo certamente d'accordo, così come la Guardia Costiera, che quelle storie siano piuttosto strane, sono solo storie. Sono sicuro che avrete visto nei notiziari i sospetti di frode assicurativa. La gente deve inventarsi ogni tipo di storia assurda per cose del genere», spiegò.

La donna non sembrò soddisfatta della sua risposta. Le sue labbra si appiattirono, poi sbuffò.

«Accidenti, è proprio rigida», mormorai.

Emma si sporse oltre Zoe e incrociò il mio sguardo. «Lo so. Cioè, perché si sono trasferiti qui se hanno problemi con le voci stravaganti? Non è che non sia risaputo su Charm Cove. Hanno comprato quel B&B dopo tutto il caos delle margherite di qualche mese fa».

«Sì, beh, probabilmente hanno pensato che fosse una decisione commerciale intelligente», aggiunse Zoe.

Charm Cove era stata temporaneamente soprannominata la Meraviglia delle Margherite del Mondo qualche mese prima quando un incantesimo era andato storto e l'intera città si era ritrovata coperta di margherite. Avevamo risolto la situazione, anche se eravamo stati messi alla prova nella gestione delle voci in città.

Daniel rispose ad alcune altre domande, e poi la riunione terminò. Mentre ci alzavamo, infilai il mio braccio sotto quello di Zoe. «Dai, andiamo a parlare con tuo marito», dissi trascinandola con me.

«Beh, certamente gli parlerò, visto che dormo con lui ogni notte. E torno anche a casa con lui», disse con una risata.

«Lo so, ma tu non sei insistente come me, quindi potrebbe dirci qualcosa».

Zoe annuì vigorosamente. «Non sono decisamente insistente come te».

Daniel stava raccogliendo alcuni documenti e li stava inserendo in una cartella quando raggiungemmo il tavolo nella parte anteriore della sala. Alcune persone gironzolavano ancora, e i membri del consiglio stavano esaminando dei rapporti su un laptop.

«Allora, Daniel», dissi, andando dritto al punto, «sembra che tu pensi che questa storia dell'assicurazione abbia fondamento».

Daniel alzò lo sguardo, passando da Zoe a me e lasciandosi sfuggire una piccola risata. «Hai portato mia moglie incinta per cercare di farmi parlare», scherzò prima di sporgersi e dare un bacio sulla guancia a Zoe.

«Sì, sono senza vergogna. Comunque, seriamente. Dopo che hai portato Gabriel e Nathan là fuori, erano abbastanza convinti che ci sia della magia coinvolta in ciò che è successo a tutte quelle barche».

Daniel sospirò. «Non lo metto in dubbio. Non ho modo di provarlo però, e non posso metterlo in un rapporto. Tuttavia, è certamente possibile che abbiano usato la magia come parte della truffa assicurativa. Perché c'è *sicuramente* qualcosa di strano con l'assicurazione. Jensen Smith era l'assicuratore di ogni singola barca che si è schiantata su quell'isola».

«Di solito non credo alle coincidenze, ma questa potrebbe esserne una. Sapendo che c'erano tracce di incantesimi su ogni barca... non ha senso altrimenti».

Daniel annuì. «Lo so. Concordo su questo punto. Ma Jensen è anche sotto indagine in altre due città a oltre un'ora a sud di qui per una truffa simile. Charm Cove sarebbe un ottimo bersaglio perché, che mi piaccia o no, storie stravaganti a Charm Cove giocherebbero a loro favore per coprire ciò che stavano facendo. Per quanto riguarda il contrabbando di droga, non sto trovando molto che porti frutto, a parte il fatto che due dei proprietari delle barche erano prima spacciatori di basso livello. Entrambi avrebbero presumibilmente messo la testa a posto dopo l'indagine, ma ciò non significa che non stiano cercando modi facili per fare soldi. Le assicurazioni sono uno di questi».

«Cosa ti fa pensare che questa sia davvero una cosa reale? A parte tutto ciò», aggiunsi in fretta quando vidi i suoi occhi iniziare a roteare.

Daniel inclinò la testa all'indietro, fissando il soffitto per un attimo prima di riportare lo sguardo sul mio. «Non posso dirvi tutto. Basti dire che i puntini sono collegati».

Zoe ridacchiò al mio fianco. «Te l'avevo detto. Ci dice solo fino a un certo punto».

«Non mi aspetto di sapere tutto, ma quando ci sono molte prove che indicano che sta succedendo qualcosa di stregonesco, temo che tu possa perderti qualcosa», risposi.

Daniel guardò prima l'una poi l'altra, le labbra che si contraevano in un sorriso. «Non è che non creda che ci sia qualcosa di stregonesco in corso. Ma non deve essere tutto qui. Lascio a voi aiutarmi da quel lato delle cose». A quel punto, guardò Zoe. «Sei pronta per andare?»

«Certo».

«Grazie, Daniel», dissi mentre lui si avvicinava a Zoe, mettendole un braccio attorno alle spalle.

Mi voltai e vidi Opal che mi faceva cenno di avvicinarmi a dove si trovava con Theo ed Emma. Attraversando la stanza, mi fermai accanto a loro. «Sì?»

«Stavo appena dicendo a Emma che ho dei contatti in Louisiana. Sospetto che la nuova fiamma di Nathan non sia esattamente ciò che sembra», spiegò Opal.

«Beh, mio padre ha già confermato che ha sicuramente dei poteri. Immagino che la domanda sia perché stia cercando di fare la finta tonta?»

«Non è solo questo. Voglio capire a quale famiglia è legata. Non conosco il suo cognome. Laurel non è un cognome comune da queste parti», aggiunse Opal. «Ho chiesto ad Alice di cercare informazioni al riguardo». Theo si era allontanato, parlando con uno dei membri del consiglio. Opal lo chiamò. «Theo, caro, sono pronta per andare adesso».

Theo, uno stregone potente a pieno diritto, si voltò con un occhiolino e un sorriso. «Eccomi, cara», disse mentre tornava al suo fianco.

«Dato che voi due avete più probabilità di vedere Nathan prima di noi, fateci sapere se qualcosa cambia. Penso che lo abbia stregato. Letteralmente», disse Opal con un'aria altezzosa.

«Beh, è quello che hai fatto tu a me», mormorò Theo, con tono sarcastico.

Opal alzò lo sguardo verso di lui e sorrise. «No, non l'ho fatto. Non letteralmente».

Theo ridacchiò. Detto questo, si allontanarono, ed Emma e io ci avviammo fuori dal Municipio, fermandoci a chiacchierare con alcune persone lungo il percorso.

Una volta in macchina, lanciai un'occhiata verso di lei. «Sai se Annette sta alloggiando da Nathan?»

«Non lo so con certezza, ma direi di sì. Dal modo in cui si comportavano, non ho alcun dubbio che le cose siano andate oltre il primo stadio», rispose con una risata.

«Vorrei passare da loro. È una pazzia?»

«Non è una pazzia, ma stasera non posso essere la tua complice. Jackson e io ceniamo con i suoi genitori. Devi portarmi a casa al più presto, o farò tardi».

Uscendo dal parcheggio, annuii. «Ci vado subito. Sono sicura di poter convincere Liam a venire con me».

«Certo che puoi. Liam farebbe qualsiasi cosa per te», replicò Emma con un sorriso malizioso.

«Forse non *qualsiasi* cosa. Ma un'operazione di ricognizione a casa di suo cugino? Assolutamente. È preoccupato quanto me. Il modo in cui Nathan si sta comportando è decisamente strano. Voglio dire, saremmo tutti felici se Nathan si sistemasse, ma non in questo modo».

CAPITOLO UNDICI

Quando entrai nella rimessa, sentii il fruscio di Ghost che saltava giù dallo scaffale sopra la porta. Mi fermai, aspettando finché non rimbalzò sulla mia spalla per poi atterrare sul pavimento. «Ehi, Ghost», dissi, inginocchiandomi per salutarlo con una carezza sulla schiena.

Liam era in piedi davanti al bancone della cucina, intento a versarsi una tazza di caffè serale. Inarcò un sopracciglio in segno di domanda mentre mi avvicinavo. Probabilmente perché non mi ero tolta le scarpe all'ingresso come facevo di solito.

«Fammi indovinare, hai dei piani e questi includono me che ti accompagno da qualche parte?» chiese, dimostrando perfettamente quanto mi conoscesse bene.

«Buona intuizione», risposi con un sorriso.

Quando raggiunsi il suo fianco, si chinò, sfiorandomi le labbra con le sue e inviandomi una piccola scossa per tutto il corpo. «Dove andiamo?»

«Penso che dovremmo fare un salto a casa di Nathan. Voglio rivedere Annette, preferibilmente senza tutta quella compagnia intorno.»

Liam sorseggiò il suo caffè, con sguardo pensieroso. «Qual è la nostra scusa per passare di lì?»

«Oh, non so», risposi con una scrollata di spalle. «Forse gli diciamo che abbiamo cenato a Windy Bay e abbiamo deciso di fermarci sulla via del ritorno.» Dato che tornare da Windy Bay richiedeva di passare vicino al Faro di Beacon's Charm e alla casa di Nathan, era una spiegazione logica e abbastanza vaga.

«Mi sembra una buona idea. Lascia che metta questo in un bicchiere da asporto», disse.

Tra le tante cose che amavo di Liam, apprezzavo decisamente la sua disponibilità a assecondarmi. Mentre travasava il caffè, diedi a Ghost la sua cena serale.

«Non era giù in spiaggia quando sei tornato a casa stasera, vero?» chiesi mentre mi giravo per buttare la lattina vuota nel cestino del riciclaggio.

Liam scosse la testa. «No. Stava facendo un pisolino nel suo posto preferito sul davanzale. Ma d'altronde, se la nostra ipotesi è corretta - che Annette è, o era, la sirena in questione - lei non è più sull'isola.»

Qualche minuto dopo, mentre uscivamo, commentai: «La cosa strana di tutta questa faccenda è che non riesco a immaginare lei che se ne sta semplicemente su quell'isola a richiamare le navi. Non c'è nessun posto dove stare. E ammettiamolo, non è come un paio di centinaia di anni fa. A quei tempi, le streghe vivevano nella natura selvaggia quando ne avevano bisogno. Non vedo Annette appollaiata lì da sola, e per quanto ne so, quell'isola è completamente deserta.»

Liam annuì mentre teneva aperta la portiera dell'auto, chiudendola solo dopo che mi ero sistemata sul sedile del passeggero. Una volta seduto sul lato del conducente, rispose: «Non ci vado da un po', ma sono andato a pescare con mio padre qualche estate fa quando ero in visita, e non c'era nulla lì.»

«Hai avuto modo di parlare con Nathan oggi?»

«Gli ho mandato un messaggio. Dovevo chiedergli del confine della proprietà per quella nuova piantagione di acero. Vuole espanderla e farlo attraverso la nostra società d'investimento. Non era urgente, ma ho pensato che mi desse una scusa per sentirlo.»

«E?» chiesi mentre usciva dal nostro vialetto e imboccava la strada costiera che ci avrebbe portato all'altro lato della città dove si trovava il faro.

«Niente di insolito. Via messaggio, sembra del tutto normale.»

«Giuro, ieri sera sembrava quasi ubriaco. Non credi che lei possa averlo davvero drogato?» L'allarme mi colpì. Immersa com'ero nel mondo della magia, a volte mi sfuggiva che altre cose potevano alterare le persone.

Liam ridacchiò. «Tesoro, non credo esista una droga, a parte una pozione magica, che lo farebbe comportare come un cucciolo innamorato e rimbambito. È logico pensare che lei possa aver usato un incantesimo d'amore su di lui. Dovremmo scoprire se è passata da qualche negozio.»

«Siamo l'unico posto in città che vende filtri d'amore. Lo saprei se fosse venuta. Le gemelle me l'avrebbero detto se fosse successo quando non c'ero io.»

«Vero, ma ci sono altri posti dove procurarsi filtri d'amore. Dice di venire da New Orleans, che ha più che abbastanza streghe. Sono sicuro che avrebbe potuto facilmente mettere le mani su un filtro d'amore lì. Potrebbe anche sapere come prepararne uno da sola.»

Sospirai, appoggiando la testa contro il sedile. «Vorrei essere felice per Nathan, ma tutto questo mi sembra molto sospetto.»

«Oh, direi che c'è qualcosa che non va. Sarei felice per Nathan se si innamorasse. Non so cosa sia questa storia con Annette, ma non sembra amore. Secondo me è una specie di pozione.»

«Ma se è una pozione, quelle possono funzionare davvero», aggiunsi. La magia funzionava. Anche molto bene a volte.

Liam rise. «A meno che non sia legittimo, per qualsiasi cosa abbia fatto, credo che a Charm Cove abbiamo abbastanza magia combinata per annullarla.»

«Speriamo.»

Poco dopo, Liam parcheggiò dall'altro lato della strada rispetto al faro. La casa di Nathan era oltre un gruppo di alberi, nascosta alla vista dal faro. Stava calando il buio e la luna si stava alzando sopra l'oceano, proiettando un luccichio argenteo sulla sua superficie.

Liam mi prese la mano mentre ci avvicinavamo alla casa, la sua stretta calda e forte. Mi ricordò che avevo avuto a malapena il tempo di pensare alle nostre imminenti nozze. Suppongo che fosse una buona cosa, in fin dei conti. Tendevo a preoccuparmi e potevo facilmente lasciarmi travolgere dall'ansia per i dettagli.

Considerato che era già abbastanza significativo - un matrimonio e l'impegno di intrecciare permanentemente la mia vita con quella di Liam, oltre a incontrare il nostro destino - avevo già abbastanza di cui preoccuparmi.

«Allora di cosa dovremmo parlare?» chiesi mentre seguivamo il vialetto di ardesia verso la casa di Nathan.

Liam alzò una spalla con un'alzata di spalle disinvolta. «Forse il tempo? Possiamo sempre ripiegare sul matrimonio.»

Ridacchiai e lo spinsi col gomito. «Perfetto.»

Pochi istanti dopo aver bussato, Nathan spalancò la porta, con un sorriso che gli si allargava sul viso quando ci vide. «Oh, salve. Non sapevo che sareste passati. Entrate,» disse, facendoci cenno di entrare.

La casa di Nathan era di quelle chiamate 'saltbox'. Essenzialmente, una casa quadrata con un tetto lungo e inclinato sul retro, che creava un unico piano sul retro della casa e due piani sulla facciata. Il nome derivava dal fatto che queste case avevano la stessa forma delle scatole di legno tipicamente usate per contenere il sale durante l'epoca coloniale. Il rivestimento era di un grigio vissuto con un brillante tetto verde di acciaio inossidabile. La porta d'ingresso conduceva a un piccolo ingresso davanti alla scala. La sala da pranzo era da un lato con il soggiorno dall'altro.

Dopo aver chiuso la porta dietro di noi, Nathan entrò nel soggiorno. «Accomodatevi. Annette e io stavamo giusto bevendo del vino. Volete qualcosa da bere?» chiese, guardando indietro oltre la spalla.

«Oh no, abbiamo appena cenato a Windy Bay e abbiamo pensato di fermarci sulla strada di casa,» spiegai, la bugia che mi usciva facilmente dalle labbra.

L'arredamento di Nathan era basico. Aveva un divano con due comode poltrone e un tavolino da caffè al centro contro la parete. Il piccolo ensemble era rivolto verso un caminetto con una televisione montata sopra sulla parete opposta.

Annette si alzò da dove era seduta su una poltrona. «Salve,» disse educatamente con un sorriso cortese.

«Ciao,» risposi con un piccolo cenno della mano.

Lei tornò al suo posto sulla poltrona posizionata ad angolo accanto al divano. Ero incerta su dove sedermi, ma Nathan ci indicò il divano, così mi sedetti nel mezzo. Liam mi raggiunse, appoggiando il braccio sullo schienale per avvolgere le mie spalle.

Nathan si sedette nell'altra poltrona e sorrise radioso ad Annette dall'altra parte del tavolino. «Dovrei portarti lì. Windy Bay ha diversi ristoranti meravigliosi,» propose Nathan.

«Mi piacerebbe molto,» disse Annette, con un tono fluido che mi sembrò insincero.

«Come sta andando il tuo soggiorno a Charm Cove?» chiesi.

«È una graziosa cittadina. Le estati qui sono certamente più fresche di quelle della Louisiana.»

«Immagino. Non sono mai stata in Louisiana, ma ho sentito dire che è molto calda e umida d'estate. Il Maine certamente si scalda, e abbiamo un po' di umidità, ma niente in confronto a quello che sento dire voi sperimentate lì.»

Nathan guardò tra noi e sbottò: «Annette e io abbiamo intenzione di sposarci.»

«Davvero?» rispondemmo Liam e io all'unisono.

«Quando?» chiesi subito dopo, cercando di impedire alla mia mascella di cadere.

«Beh, speriamo il prima possibile. Ho capito da Nathan che voi due avete già un matrimonio pianificato a breve. È così?» chiese educatamente Annette.

La conversazione aveva preso una piega così strana che non sapevo nemmeno come proseguire. Alla fine annuii. «Um, sì. Ci sposiamo. Stiamo pianificando il matrimonio dallo scorso Natale.»

«Oh, è *così* romantico,» rispose Annette, premendosi la mano sul petto.

Nathan intervenne: «Stavo dicendo ad Annette che forse potremmo pianificare il nostro matrimonio qualche settimana dopo il vostro ritorno dalla Scozia.»

Quando guardò con aria di aspettativa tra me e Liam, annuii.

Annette, a differenza di Nathan, sembrava aver colto quanto io e Liam fossimo sconcertati. «So che sembra piuttosto improvviso, ma spero capiate quanto sarà epocale il nostro matrimonio.»

Le cose stavano passando da strane, a più strane, a completamente folli.

«Beh, *è* piuttosto improvviso. Sono d'accordo che il matrimonio è una decisione epocale.»

La mano di Liam strinse leggermente la mia spalla. Immaginai che potesse sentire come stessi praticamente vibrando per la tensione.

«Oh, non è un matrimonio qualunque,» disse Annette, la sua espressione completamente seria.

«No?» Questa volta, furono Nathan e Liam a parlare all'unisono.

Apparentemente, sebbene fosse mezzo pazzo d'amore, persino Nathan sembrava rendersi conto che non comprendeva tutto ciò che stava succedendo. Dovetti mordermi l'interno delle guance per non scoppiare a ridere.

Riuscii a prendere fiato e annuire. «Dicci pure, cosa c'è di così speciale nel tuo matrimonio con Nathan?»

Annette si raddrizzò sulla sedia, spostando i capelli dietro la spalla con un colpo secco. «Incontreremo il nostro destino.»

All'improvviso mi colpì quanto fosse ridicola la mia stessa vita. Perché, vedi, ero abituata a sentire cose del genere. Tranne che nel mio caso, ero io quella responsabile di incontrare un destino.

«Ah sì?» la incitai.

«Beh, sì. Mi rendo conto che il mio cognome non è Wicked, quindi potrebbe non essere ovvio all'inizio, ma io sono la Wicked destinata a sposare un Good per questa generazione. Nathan è il Good predestinato, ed è perfetto per me,» spiegò Annette.

CAPITOLO DODICI

Ero rimasta senza parole, e a quanto pare, anche Liam e Nathan. Tutti e tre abbiamo semplicemente fissato Annette per diversi lunghi momenti. Lei sembrava pensare di averci sorpreso, e in effetti era così.

Solo che non nel modo che si aspettava, come divenne chiaro quando continuò: «Avete sentito parlare di quell'incantesimo, giusto? Lanciato secoli fa. In ogni generazione, una Malvagia deve sposare un Buono per mantenere la pace nel mondo delle streghe.»

Nathan, che finalmente sembrava essersi scosso dal suo amore appassionato per Annette, scosse leggermente la testa come per schiarirsi le idee. «Annette, certo che ne abbiamo sentito parlare. Ma hai capito male.»

«Cosa sai di Charm Cove?» interloquì Liam.

«Be', so che ci sono molti Buoni che vivono qui. L'ho scoperto perché ho fatto delle ricerche», offrì.

«Questa città è stata fondata da Malvagi e Buoni. Questo è proprio il luogo dove quell'incantesimo è stato originariamente lanciato», spiegai. «Quindi sappiamo esattamente quale coppia è destinata a sposarsi, e siamo io e Liam. Lo sappiamo da quando eravamo piccoli.»

La pelle di Annette si scurì leggermente, una sfumatura rosa le coprì le guance. «Cosa?» sibilò.

Nathan annuì, con molta convinzione. «Oh, assolutamente. Liam e Moira erano destinati l'uno all'altra prima ancora di nascere.»

«Se conosci la storia, la prima coppia era un warlock di Charm Cove e una strega dalla Scozia», aggiunse Liam.

«Poi, c'è stata una strega di Charm Cove e un warlock dalla Francia.» Ripresi il filo della storia. «La coppia più recente si trova proprio qui a Charm Cove adesso, anche se Jacob è venuto dall'altra parte del paese. Solo l'ultima coppia può sapere chi è destinato a essere la prossima, e lo viene a sapere attraverso una visione.»

Annette si alzò bruscamente, gli occhi scuri e lampeggianti di rabbia. «No!» esclamò mentre si voltava di scatto.

Nathan si alzò, apparendo giustamente preoccupato. «Annette, perché sei così arrabbiata? Non è un grosso problema. Ti amo ancora.»

Oh mio Dio. Eravamo tornati all'amore.

Guardai Liam. Immaginai di sembrare preoccupata quanto lui. Mi strinse la spalla e si alzò, il suo sguardo vigile che saltava da Nathan ad Annette.

Lei camminava avanti e indietro davanti al caminetto, le braccia strette davanti al petto. Si fermò bruscamente e alzò la mano. Vidi l'incantesimo mentre volava via dalle sue dita, direttamente verso di me.

Liam si girò, lanciando rapidamente un incantesimo di blocco e illuminando la stanza quando i due incantesimi si scontrarono. Lei lo fulminò con lo sguardo, agitando di nuovo la mano. Lui bloccò nuovamente il suo incantesimo.

Mi alzai, incerta su cosa fare, ma pensando che dovevo fare qualcosa. Liam si voltò a guardarmi. «Vattene da qui. Ce l'ha con te!» gridò.

Nathan sembrava essere congelato, se ne stava semplicemente lì in piedi. Quando Annette alzò di nuovo la mano, lanciai il mio incantesimo, restringendo rapidamente la mia concentrazione e chiudendo gli occhi. Fumo e glitter vorticanti mi avvolsero. Tuffandomi dentro, atterrai dall'altra parte della strada nel faro, l'unico posto a cui riuscivo a pensare una volta che l'incantesimo mi aveva preso.

Per fortuna, atterrai al piano di sopra. La ricezione per i cellulari tendeva ad essere scarsa qui, ma al piano superiore di solito funzionava. Tirando fuori il telefono, chiamai prima mia madre.

Cominciai a parlare nel momento in cui la linea si attivò. «Non so cosa fare, ma devi andare a casa di Nathan. Sono dall'altra parte della strada nel faro, e Annette è impazzita. Pensava che fossero loro la coppia destinata. Quando ha scoperto che non lo erano, ha cercato di lanciarmi un incantesimo e Liam l'ha bloccato.» Le mie parole uscirono in fretta.

Mia madre rimase calma, che Dio la benedica. «Quindi sei al sicuro nel faro. Sto già uscendo dalla porta e sto mandando un messaggio a tuo padre. Appena riattacco, chiamerò Lea e Jacob. Se puoi chiamare Opal, Lea farà altre chiamate. Faremo arrivare quante più persone possibile il più velocemente possibile. Chiama anche tuo fratello. Può aiutare», disse, proprio mentre stavo per riattaccare.

Feci rapidamente una serie di chiamate, desiderando che qualcun altro oltre a me avesse la magia per teletrasportarsi. Sfortunatamente, non era così. Ogni strega e stregone aveva poteri specifici che occasionalmente si trasmettevano attraverso le generazioni. Quei poteri si aggiungevano ai poteri comuni, come preparare pozioni e incantesimi, piccoli zap e zing. Il mio potere specifico era quello di potermi teletrasportare per brevi distanze. Era utile in caso di necessità.

Mentre aspettavo irrequieta, guardai dall'altra parte della strada. Il piano superiore del faro offriva una vista al di sopra degli alberi sulla casa di Nathan. Vidi un altro lampo di luce brillante e mi morsi il labbro, sperando che Nathan si riprendesse e fosse di qualche aiuto a Liam.

In poco tempo, potei vedere diverse auto parcheggiare sulla strada fuori dalla sua casa. Nei pochi minuti trascorsi, avevo visto solo un altro lampo di luce brillante nella casa.

Ero inquieta, combattendo l'impulso di teletrasportarmi di nuovo direttamente a casa di Nathan. I miei genitori, Lea, Jacob, Gabriel, Alice e i gemelli arrivarono tutti e entrarono rapidamente in casa senza aspettare. Poco dopo, il mio telefono vibrò. Guardando in basso, vidi un messaggio di mia madre.

È sicuro per te venire qui adesso. L'abbiamo contenuta. Tra Lea e i gemelli, non può fare nulla.

Eccellente. Iniziai a scendere le scale e mi fermai, riconsiderando rapidamente. Prima sarebbe stato meglio. Chiudendo gli occhi, feci un respiro profondo e concentrai la mia energia. Non importa quante volte lanciassi questo incantesimo, c'era una parte di me che voleva ridacchiare. Perché mi sentivo come un frisbee umano quando mi lanciavo nel fumo e nei glitter che vorticavano intorno a me.

Il fumo si diradò, e mi ritrovai in piedi di nuovo nel mezzo del soggiorno di Nathan. Delia, Celia e la loro madre Lea erano nell'angolo e tenevano Annette ferma. I suoi occhi erano abbassati mentre guardava le bande rosa, viola e argentate che la circondavano.

Liam, mio padre e Jacob stavano accanto a loro. Presumevo che fossero pronti a bloccare qualsiasi incantesimo Annette avesse tentato di lanciare, o a trattenerla con la forza se necessario. Nel frattempo, mio fratello Gabriel teneva una sfera luminosa tra le mani. Uno dei suoi poteri unici era la capacità di catturare gli incantesimi. Poteva anche rimandarli direttamente alla persona che li aveva lanciati. Oppure, se si sentiva benevolo, poteva dissolverli.

Mia madre lo guardò e inclinò leggermente la testa. «Certamente non rimanderai quello indietro a lei, perché immagino fosse destinato a fare del male a qualcuno» disse, con un tono più tagliente del solito.

Gabriel annuì e la sfera luminosa nelle sue mani si dissolse in piccole scintille, scomparendo nel nulla mentre cadevano verso il pavimento.

«Cosa mi sono persa?» chiesi, affiancando mia madre che stava in piedi con Opal e Theo.

«Quando siamo entrati, Liam stava bloccando abilmente i suoi incantesimi con un piccolo aiuto da parte di Nathan. Il poveretto» mia madre si fermò scuotendo lentamente la testa, «...è ancora piuttosto scioccato da tutta questa faccenda.»

«Beh, credo che lei lo abbia veramente stregato» aggiunse Opal, lanciando un'occhiataccia in direzione di Annette.

«Cosa dovremmo fare?» chiesi. «Non è che possiamo chiamare la polizia per questo.»

«Ovviamente no» rispose rapidamente Opal. «Dobbiamo capire perché lo sta facendo. A parte tenerla ferma in questo momento, l'unica altra soluzione a cui posso pensare è nullificare il suo incantesimo.»

«Parlando di magia, tuo padre non pensa che sia così potente» offrì mia madre. «Gli chiederei di venire qui adesso, ma gli uomini pensano di dover essere d'aiuto.»

«Come se le gemelle e Lea non potessero tenerla ferma indefinitamente se necessario» aggiunse Opal con un'aria di sufficienza.

«Qualcuno ha provato a parlare con lei?» chiesi.

Liam mi sentì da qualche metro di distanza e incrociò il mio sguardo. «Credo che stessimo cercando di fare proprio questo quando tutto è andato a rotoli.»

Attraversai la stanza, fermandomi davanti ad Annette. Appoggiando una mano sul fianco, inclinai la testa di lato, studiandola per un momento. «Ora che non puoi far del male a nessuno di noi, perché non spieghi cosa ti turba tanto?»

Sebbene la sua capacità di movimento fosse limitata dagli incantesimi di contenimento attorno a lei, riusciva ancora a fare un leggero movimento di spalle. «Sono convinta che vi sbagliate sul matrimonio predestinato. Ovviamente, la mia ricerca mi ha portato all'uomo sbagliato, ma sono convinta che *io* sia la Wicked predestinata, non tu» disse con aria altezzosa.

Lea scosse la testa. «Cara, è piuttosto evidente che non hai idea di cosa stai parlando. Se conoscessi la storia dell'incantesimo del matrimonio predestinato, sapresti che le uniche streghe e stregoni a conoscenza di chi potrebbe essere la prossima coppia Wicked e Good destinata a sposarsi sono quelli della generazione precedente. Questo significa io e mio marito» disse, indicando Jacob con un cenno della testa.

Annette guardò da me a Lea a Jacob e di nuovo a Liam, con uno sguardo decisamente furioso.

«Guarda, se può farti sentire meglio, è una grande responsabilità. Dovresti sentirti sollevata di non dovertene preoccupare» aggiunsi.

Annette cercò di muoversi di nuovo e lasciò uscire un sospiro esasperato. «Questo è ridicolo. Non farò del male a nessuno.»

«Mh, sì. Hai appena cercato di lanciare una specie di incantesimo folle su di me più di una volta. Da quello che potevo vedere dall'altra parte della strada, volavano ancora scintille dopo che me n'ero andata» dissi con tono asciutto.

Sebbene fosse chiaro che Annette possedesse la magia, stavo avendo la sensazione che i suoi poteri fossero limitati.

Opal si avvicinò, insieme ad Alice e mia madre. «Propongo di applicare una nullificazione temporanea dell'incantesimo finché non decidiamo se sia o meno sicura» disse Opal, con gli occhi d'acciaio fissi su Annette.

«Penso che sia perfetto» rispose Lea con un deciso cenno del capo.

La nullificazione della magia poteva essere eseguita se si avevano abbastanza streghe e stregoni per realizzarla.

«Gabriel» disse mia madre.

Mio padre si voltò e la guardò. «Sì, cara?»

«Avremo bisogno di un piccolo aiuto da tutti voi per questo. È solo temporaneo» aggiunse quando Annette iniziò a balbettare e protestare.

La circondammo mentre Lea e le gemelle continuavano a tenerla ferma. Beatrice arrivò proprio in quel momento e comprese rapidamente cosa stava accadendo, unendosi a noi sul bordo esterno del cerchio ed estraendo una bacchetta.

Con un colpo della bacchetta di Beatrice, osservammo un filo di luce rotante spostarsi da Annette alla bacchetta. Beatrice ripose la bacchetta nella sua giacca leggera. Il sottile movimento del suo polso mi fece capire che aveva lanciato anche un incantesimo di protezione su di essa.

«Suppongo che ora possiate rilasciarla» disse Opal, stringendo le labbra. Sembrava infastidita dall'intero evento. Ma d'altronde, Opal aveva ben poca pazienza per i drammi, e questo era tutto un dramma.

Una volta che le gemelle e Lea rilasciarono l'incantesimo di contenimento, Annette alzò immediatamente la mano, facendo un evidente tentativo di lanciare un altro incantesimo. Quando non accadde nulla, le sue guance diventarono rosse e batté il piede a terra.

«Come avete fatto?» esigette di sapere.

Lea inclinò la testa di lato. «Tu potresti avere qualche trucco nella manica, ma noi ne abbiamo di più» disse con tono altezzoso. «Ora, parliamo di quegli incantesimi.»

Nathan si mise al fianco di Annette. «Un momento. Ho bisogno di chiarire una cosa. Mi stai dicendo che se non sono il Good predestinato non mi ami?» chiese.

Il poveretto sembrava piuttosto devastato, e provai una fitta di tristezza per lui. Sebbene fosse chiaro che lei lo avesse stregato in qualche modo, la realtà non rendeva la cosa piacevole.

«Se non sei il Good predestinato, allora non sono innamorata di te» disse lei seccamente. «Chiaramente, la mia ricerca mi ha indirizzato nella direzione sbagliata. Mi diceva che sarebbe stato un uomo con i capelli neri e gli occhi blu che viveva a Charm Cove e che aveva la magia sulla punta delle dita.»

Mia madre alzò gli occhi al cielo. «Hai appena descritto essenzialmente ogni singolo uomo della famiglia Good.»

«La prossima volta che fai le tue ricerche» intervenne Liam, «potresti voler consultare prima mia madre. Lei è l'esperta.»

Si avvicinò al mio fianco, passandomi un braccio attorno alla vita e tirandomi a sé. Non potei fare a meno di provare un piccolo brivido di possessività.

Destino o no, amavo Liam. Che fosse l'incantesimo, o pura convenienza, visto che ero destinata a sposarlo che lo volessi o no, ero piuttosto sollevata per questo.

Gli occhi di Annette si strinsero mentre guardava tra Liam e me. «Questo è un errore.»

Con queste parole, ci superò a passo pesante, iniziando a correre e precipitandosi fuori dalla casa.

CAPITOLO TREDICI

Anche se nella stanza c'era collettivamente molto potere, non credo che nessuno di noi si aspettasse che Annette sarebbe semplicemente scappata. Nathan si mosse per inseguirla, e Gabriel cercò di afferrarlo per un braccio, ma mio padre scosse la testa. «Lascialo andare. È ancora stregato».

«Oh cielo, hai proprio ragione», disse mia madre, la fronte corrugata per la preoccupazione. «Dobbiamo spezzare l'incantesimo, così potrà sentirsi un po' meno confuso».

Gabriel ridacchiò. «Non m'importa come si sente. Vorrei solo che smettesse di sospirare per lei. È totalmente fuori dal carattere di Nathan».

Alzai lo sguardo verso Liam. «Dovremmo andare a cercarli?»

«A questo punto, per quanto riguarda le sue capacità di lanciare incantesimi, è innocua. Non credo che andrà molto lontano», rispose.

Un momento dopo, la porta d'ingresso si aprì e Nathan rientrò, con un'espressione cupa e confusa. «Non so dove sia andata».

«Non ci sono così tanti posti dove fuggire», disse Lea, i suoi braccialetti tintinnavano mentre appoggiava una mano sul fianco.

«Ha tagliato per il bosco qualche casa più in là. È buio, ed era abbastanza avanti che l'ho persa di vista», spiegò Nathan.

«Penso che tu debba metterti in forma», commentò Gabriel con una risatina, solo per ricevere da Nathan un'occhiata afflitto.

Beatrice guardò Nathan e tirò fuori una bacchetta diversa, non quella con cui aveva catturato l'incantesimo di Annette. Con un rapido movimento del polso, disse: «Ecco fatto».

Nathan rimase immobile per qualche istante prima di scuotere con forza la testa. Guardando Beatrice, chiese: «Che diavolo è appena successo?»

Gli occhi di Beatrice si incresparono agli angoli col suo sorriso. «Ho appena eliminato quello sciocco incantesimo d'amore che ti ha lanciato. Era un po' diverso», precisò. «Sicuramente non una pozione. In effetti, scommetto che si trattava di una modifica dello stesso incantesimo che stava usando per attirare quelle barche sull'isola».

«Quindi pensi che sia lei quella che lo stava facendo?» chiesi.

«Credo di sì», rispose Beatrice.

Nathan si lasciò cadere su una sedia accanto a lui con un sospiro profondo, appoggiandosi all'indietro e passandosi una mano tra i capelli. «Beh, ora mi sento un idiota».

«Siamo così grati che ti senta un idiota», commentò Opal con un sorriso comprensivo. «Immagino che non sei più perdutamente innamorato di Annette?»

Nathan scosse lentamente la testa. «No. Non posso credere che si fosse messa in testa che fossimo la coppia predestinata. Mio Dio, non voglio quel tipo di pressione», disse, guardando tra Liam e me.

Capivo fin troppo bene quella pressione. Potevo anche averla accettata, ma ciò non cambiava il fatto che una volta ero scappata da tutto questo. Il braccio di Liam mi circondò nuovamente le spalle mentre rispondeva: «Sono solo contento che ci abbia confusi. Avrebbe potuto rendere piuttosto imbarazzanti i prossimi giorni, con il nostro matrimonio tra poche settimane». I suoi occhi incontrarono i miei con un sorriso.

«Decisamente. Bene, cosa facciamo adesso?» chiesi.

«Abbiamo il suo incantesimo qui in questa bacchetta», disse Beatrice, dando dei colpetti sulla giacca mentre infilava l'altra bacchetta nella tasca accanto.

«Se volete la mia opinione, Annette è fuori di testa, non credete?» chiese mia madre in tono conversevole.

«Oh, è più che fuori di testa, è completamente pazza», disse Lea mentre si sedeva sulla sedia di fronte a Nathan.

«Per sicurezza, chiediamo a Daniel di tenerla d'occhio. O lascerà completamente la città, o ricomparirà. Sono più interessata a capire il perché. Il suo cognome non è Wicked, e se ha qualche legame, è sicuramente distante», propose Opal.

«Le persone fanno cose folli quando si mettono delle idee in testa», aggiunse mia madre. Guardò Alice. «Non stavi già indagando sulla sua storia?»

Alice annuì. «Lo stavo facendo, ma non c'è molto su cui lavorare. Devo contattare qualcuno della sua famiglia. Ho rintracciato una nonna in Louisiana che ha circa tre gradi di parentela con uno dei nostri cugini Wicked. È tardi questa sera, ma farò alcune chiamate domani e vedrò cosa posso scoprire».

«Nel frattempo», disse mio padre guardando nella mia direzione, «suggerirei a voi due di mettere incantesimi di protezione su ogni ingresso della dépendance. Sembra pensare di poter disturbare il vostro imminente matrimonio. Sebbene abbiamo annullato l'incantesimo che stava usando qui, non sappiamo quale altra magia possieda. Avremmo bisogno di fare molto più lavoro per rimuovere completamente la sua magia».

«Quanto al resto di noi», intervenne Lea, «dobbiamo tutti tenerla d'occhio». Guardò verso Nathan, alzandosi e facendo un passo verso il lato della sua sedia. Gli strinse leggermente la spalla. «Tu, mio caro ragazzo, faresti bene a mettere incantesimi di protezione qui. Non so dove altro potrebbe stare».

«Non preoccuparti, lo stavo già pianificando», disse con un sospiro. Nathan sembrava davvero esausto. L'esperienza di essere stregato, per quanto ne sapessi, poteva essere estenuante una volta terminata. Ero sollevata nel vederlo tornato in sé e non più sospirare per Annette.

CAPITOLO QUATTORDICI

Il giorno seguente, mi ritrovai prevedibilmente indaffarata da Pozioni e Regali Persnickety. La chat delle streghe e degli stregoni di Charm Cove era piuttosto attiva. Le persone stavano lanciando incantesimi di protezione a destra e a manca e chiacchieravano di ogni avvistamento di Annette.

A quanto pare, aveva cercato di tornare a casa di Nathan la notte precedente. Era stata ostacolata dalla saggia decisione di lui di lanciare incantesimi di protezione tutt'intorno alla casa. Se sapeva dove abitavamo Liam e io, non aveva fatto alcun tentativo di farci una visita inaspettata.

Nel tardo pomeriggio, Daniel entrò nel negozio con aria disinvolta.

«Ehi, Daniel», lo chiamai mentre finivo di servire un cliente.

Lui attese alla fine del bancone mentre imbustavo la collezione di regali del cliente. Le gemelle sarebbero rimaste fino all'orario di chiusura, così chiamai Celia per occuparsi della cassa e andai sul retro con Daniel.

«Cosa ti porta qui?», chiesi rapidamente, senza nemmeno perdere tempo in convenevoli. Sembrava preoccupato, quindi ero comprensibilmente in ansia.

«Beh, sembra che abbiamo un rapimento».

«Scusa?»

«Annette ha rapito Noah, il fratello minore di Liam», spiegò Daniel.

«*Cosa?!*»

Daniel annuì semplicemente, apparendo fin troppo calmo per i miei gusti.

«Perché non stai facendo qualcosa?», pretesi di sapere.

«Perché Noah sta bene. Annette si è messa in testa che se sposa uno dei cugini Good prima che tu e Liam vi sposiate, può in qualche modo cambiare il corso di questo matrimonio predestinato». Daniel si passò una mano tra i capelli con un sospiro e una risatina sommessa. «È tutto un po' ridicolo».

Tirò fuori il telefono, guardando lo schermo e toccandolo. «Vedi, mi sta mandando messaggi», disse mentre girava il telefono e inclinava lo schermo in modo che potessi vedere un messaggio di Noah.

Ehi, Daniel, sto bene, ma Annette non vuole che lasci la casa. Non sono sicuro di quale sia il suo problema, ma pensa di poter cambiare questa cosa del destino.

Fissai il messaggio prima di tornare a guardare Daniel. «Che diavolo hai intenzione di fare?»

«La nonna di Annette sta venendo a prenderla. Alice l'ha rintracciata questa mattina. Non credo che sia davvero pazza. Ma è un po' fissata con tutta questa faccenda del matrimonio, questo è certo. Secondo quanto la nonna di Annette ha raccontato ad Alice, Annette era fidanzata. Quando il suo fidanzato è morto in un incidente d'auto una settimana prima del loro matrimonio, è andata un po' fuori di testa. Sua nonna dice che si tratta di lutto complicato», spiegò.

«Oh, direi proprio che è complicato», mormorai.

Daniel scrollò le spalle. «Nel frattempo, pensiamo sia meglio che Noah resti lì fermo. Sua nonna atterrerà qui nel Maine tra qualche ora».

«E lascerai Noah lì con lei? E se facesse qualcosa?»

Mi stavo agitando. Non potevo credere che non avremmo fatto nulla se non aspettare qualche ora mentre Annette teneva Noah prigioniero in casa sua.

«Oh, ho degli uomini che sorvegliano la casa. Noah ci manda messaggi regolarmente e ci fa sapere che sta bene. A quanto pare lei gli ha preparato dei maccheroni al formaggio fatti in casa, ed erano davvero deliziosi».

Iniziai a ridere perché non sapevo cos'altro fare, e tutta la situazione era assurda. «E tutte le barche?», chiesi quando finalmente riuscii a smettere di ridere.

«Quando parlerò con lei, scoprirò se è la presunta sirena. Dio solo sa come documenterò tutto ciò nei miei rapporti, ma troverò un modo. Indipendentemente da questo, ho confermato che c'è una frode assicurativa in corso. Due dei sospetti di quella vecchia operazione di contrabbando di droga stavano intascando un bel po' di soldi. Il procuratore distrettuale presenterà le accuse domani. Sta solo finendo tutte le scartoffie».

«Vuoi dirmi che in qualche modo facevano parte di tutto questo? Sanno di Annette?»

«Oh, assolutamente no», rispose rapidamente Daniel, per un momento la sua facciata professionale cedette con l'espressione colorita. «Hanno capitalizzato su una situazione. Tutto qui. In base alle prove, le prime barche sono state le uniche che non erano coinvolte nella truffa assicurativa. Gli altri hanno visto un'opportunità e l'hanno colta al volo».

«Non dovresti essere, non so, a casa di Noah?», chiesi, soddisfatta dell'argomento della truffa assicurativa.

«Ho quattro uomini lì, Moira. Ho pensato di passare per aggiornarti, visto che so che ti piace essere al corrente di ciò che succede», disse in modo significativo.

Socchiusi gli occhi, mordendomi l'interno della guancia. «È vero. Sono solo un po' preoccupata».

«Beh, Zoe mi ha informato e dice che non devo preoccuparmi che Annette lanci incantesimi pericolosi grazie a qualunque cosa abbiate fatto ieri. Con Noah che ci manda aggiornamenti, aspetterò fino all'arrivo di sua nonna, e lei potrà aiutarci a quel punto».

Irrequieta, lo scrutai. «Penso che dovrei andare là, Daniel».

«Oh no. Tu sicuramente *non* ci andrai. Uno dei miei quattro vice è uno stregone, quindi abbiamo sufficiente capacità magica sul posto», disse con uno sguardo deciso.

Sospirai. «Hai parlato con qualcun altro?»

Daniel ridacchiò. «Certo. Sia Lea che Opal mi hanno già chiamato. Immaginavo che il telefono senza fili delle streghe fosse rovente.»

Fu in quel momento che mi resi conto di aver lasciato il mio telefono all'ingresso. Mi girai di scatto per correre a prenderlo dal cassetto sotto il registratore di cassa. Una volta in mano, vidi che erano arrivati diversi messaggi mentre ero occupata nel pomeriggio. Le gemelle tenevano l'attenzione principalmente sui clienti, ma sentivo i loro sguardi curiosi lanciati nella mia direzione.

Quando tornai sul retro del negozio, Daniel stava terminando una chiamata. «Sua nonna sta volando a Portland. Ho appena aggiornato il capo della polizia laggiù, e si metterà in contatto non appena lei atterra. Chiamami se emerge qualcosa», disse Daniel mentre usciva.

Toccai immediatamente il pulsante per comporre il numero di Liam e portai il telefono all'orecchio. Rispose subito, con un tono leggermente distratto.

«Hai sentito?» chiesi rapidamente.

«Se è a proposito di Noah intrappolato con Annette, sì. Ho appena finito di parlare con lui.»

«Andrai lì?»

«Moira, ti amo e capisco perché me lo stai chiedendo. Ma credo che la cosa meno utile sarebbe che tu o io ci presentassimo lì, considerando che lei è tutta agitata per la questione del destino. Noah in realtà prova pena per lei.»

Sapevo che Liam aveva ragione, ma odiavo sentirmi come se non potessi fare nulla. «Hai parlato con Nathan oggi?»

Appoggiando i fianchi contro il tavolo lungo la parete sul retro, alzai distrattamente lo sguardo, notando mentalmente che avrei dovuto preparare presto una nuova scorta di alcune delle nostre pozioni d'amore.

«È passato in ufficio prima. È imbarazzato per essere stato stregato da Annette, ma sta bene. Sarai contenta di sapere che è tornato normale e attualmente non è interessato a sposare nessuno.»

«Beh, questo è un sollievo. Non posso credere a tutto questo pasticcio. Odio restare qui a girarmi i pollici.»

La risata bassa di Liam risuonò attraverso il telefono. «Ovviamente.

Sono sicuro che il negozio sia abbastanza affollato, quindi perché non ti concentri su quello?»

Sospirai e lanciai un'occhiataccia al telefono anche se lui non era nella stanza per vedermi. «Va bene. Quando vieni a prendermi?»

«All'ora solita quando chiudi», rispose. «Devo andare però. Ho una chiamata in arrivo. Ti amo», disse prima di riattaccare.

«Ti amo», mormorai.

Non mi piaceva questo gioco dell'attesa, e certamente non mi piaceva che Annette fosse barricata con Noah. Suppongo fosse conveniente che lui trovasse tutta la situazione divertente.

Proprio mentre stavo considerando chi chiamare dopo, il mio telefono vibrò nella mia mano. Il nome di mia madre lampeggiava sullo schermo, e feci scorrere il pollice per rispondere. «Ehi, mamma.»

«Ciao, cara. Immaginavo che fossi lì seduta a preoccuparti, quindi ho pensato di farti sapere che Lea, Alice ed io andremo a tenere d'occhio la casa di Noah insieme alla polizia. In questo modo, se Annette in qualche modo fa qualcosa di sospetto, possiamo gestirla.»

«Perché non–»

Mia madre mi interruppe prima che potessi finire di fare la mia domanda. «Tu non verrai con noi. Al momento, è piuttosto arrabbiata con te e Liam, quindi è meglio che nessuno di voi due sia presente.»

Alzai gli occhi al cielo. «Va bene. Fammi sapere appena hai un aggiornamento.»

Dato che avevo bisogno di fare qualcosa per placare la mia irrequietezza, andai all'ingresso per gestire la cassa e prezzare una consegna di braccialetti portafortuna che avevamo ricevuto oggi. Tra un cliente e l'altro, lanciai leggeri incantesimi di fortuna su ciascuno di essi. Nel frattempo, riflettevo su Annette. Non avevamo ancora chiarito se avesse legittimamente lanciato gli incantesimi da sirena da quell'isola. Se sì, come?

Non dubitavo che avesse poteri magici, avendo visto di persona come aveva stregato Nathan e i tentativi di incantesimi diretti verso di me. Tuttavia mio padre aveva chiarito che la sua magia era debole nel migliore dei casi. Detto questo, anche streghe e stregoni deboli potevano praticare certi incantesimi e imparare a lanciarli efficacemente.

Quando arrivò l'ora di chiusura, con le gemelle che riordinavano la parte anteriore del negozio, camminai verso l'ingresso per chiudere a chiave e girare il cartello su Chiuso. Proprio mentre lo giravo, Beatrice attraversò la strada di corsa, facendomi cenno attraverso la vetrina. Aprendo la porta, la feci entrare rapidamente, chiudendo immediatamente a chiave dietro di lei.

«Ciao, Beatrice, cosa ti porta qui?»

«Ho pensato che potremmo scaricare l'incantesimo contenuto in questa bacchetta», disse, estraendo la bacchetta dal cappotto e sollevandola.

«È quella la bacchetta che contiene l'incantesimo di Annette?» chiesi.

«Sì. Ho fatto venire Tom Lewis per una visita e per darci un'occhiata. È lo stesso incantesimo che pensiamo abbia usato per lanciare la sua magia da sirena.»

«Davvero? Pensava che ci avrebbe fatto del male?»

«Credo sia il suo unico trucco, quindi lo stava semplicemente lanciando a casaccio. Tra Jacob e Tom, abbiamo stabilito che è sicuramente un incantesimo di richiamo. Non annulleremo completamente la sua magia, ma tanto vale liberarci di questo.»

«Perderà completamente il potere se lo facciamo?» chiesi.

Beatrice scosse la testa. «Oh no. Dovrà solo esercitarsi di nuovo.»

«Puoi scaricare quell'incantesimo con un altro incantesimo?» chiesi, genuinamente curiosa.

Beatrice era una delle streghe più potenti di Charm Cove. Anche lo stregone che aveva menzionato, Tom Lewis, era estremamente potente. Non riuscivo a immaginare come potessi essere d'aiuto in questa situazione.

«Oh no, cara. Abbiamo bisogno di una pozione. Ecco perché sono passata qui. Ho pensato che non ti sarebbe dispiaciuto prestarmi il tuo retrobottega. Dovresti avere tutti gli ingredienti di cui abbiamo bisogno.»

«Oh, certo.»

Le gemelle osservavano con interesse mentre le facevo cenno di seguirmi. Spensi le luci all'ingresso mentre ci dirigevamo verso il registratore di cassa su un lato del negozio. «Immagino non ti dispiaccia se le gemelle guardano», dissi, lanciando uno sguardo a Beatrice mentre aggiravamo il bancone.

«Certo che no. Andiamo tutti insieme sul retro», rispose Beatrice, rivolgendo un sorriso alle gemelle.

«È tutto a posto qui?» chiesi a Celia mentre premeva un tasto sulla tastiera del computer.

Sorrise luminosamente. «Sì, stavo solo salvando.»

Delia estrasse il cassetto del registratore di cassa, mentre Celia spegneva il computer prima di seguire Beatrice e me attraverso la tenda di perline verso il retro del negozio.

Indicai a Beatrice il tavolo da lavoro lungo la parete di fondo. «Vai pure avanti e trova quello che ti serve lì. Gli scaffali sopra sono in ordine alfabetico», spiegai.

Mi voltai, tornando verso l'ingresso. Lanciai rapidamente un incantesimo di protezione sulla porta d'ingresso prima di tornare a osservare Beatrice al lavoro.

Lei posò la bacchetta sul tavolo, tamburellando con le dita accanto ad essa mentre esaminava gli scaffali di ingredienti per pozioni. Avevamo file su file di ingredienti per una varietà di pozioni. Oltre alle pozioni che vendevamo nel negozio, ne preparavamo altre per uso personale. Molti membri di famiglie di streghe e stregoni venivano quando avevano bisogno di qualcosa per preparare pozioni.

Celia e Delia si affollarono a un'estremità del tavolo osservando mentre Beatrice selezionava attentamente una varietà di oggetti.

«Quindi che pozione stai preparando?» chiesi mentre mi appoggiavo all'altra estremità del tavolo.

«Non ha un nome preciso. È essenzialmente una pozione di annullamento incantesimo molto specifica. Se lei dovesse scegliere di lanciare di nuovo l'incantesimo, dovrà fare un po' di lavoro per riuscirci».

«Oh», mormorai, osservando mentre combinava con cura gli ingredienti in un barattolo per pozioni.

Dopo qualche minuto, Beatrice annuì a se stessa, emettendo un piccolo mormorio soddisfatto. Sollevò la bacchetta, tenendola dritta in aria. Guardandosi intorno, chiese: «C'è un vassoio o una ciotola da qualche parte?»

Girandomi velocemente, aprii l'armadio dietro di me e tirai fuori una piccola ciotola di acciaio inossidabile. Beatrice la mise sotto la bacchetta e poi versò la pozione liquida sulla bacchetta, lasciando che colasse nella ciotola.

Osservammo in silenzio. Dopo un momento, la bacchetta iniziò a brillare prima che un fumo evanescente si alzasse da essa, con un piccolo sibilo che si disperdeva nell'aria.

Beatrice sorrise, tenendo la bacchetta sollevata finché non smise di brillare e non ci fu più fumo. «Ecco fatto».

«Oh, è stato fantastico», disse Delia sottovoce.

«E adesso?» chiesi.

«Non molto. La nostra amica Annette dovrà esercitarsi di nuovo per riprendere dimestichezza con quell'incantesimo», rispose Beatrice.

«È un po' come rubare la magia? Voglio dire, tecnicamente», precisai.

Beatrice scosse la testa. «Oh no. Nessun altro ha l'incantesimo. È simile a ciò che fa tuo fratello quando cattura un incantesimo, tranne che in questo caso, trattiene la magia. L'ho dissolta, quindi ora lei dovrà ricominciare da capo e affinare nuovamente il suo potere. Un vecchio trucco, risalente ai tempi in cui c'erano più streghe e stregoni in giro che facevano cose birichine con i loro poteri», disse Beatrice con un sorriso malizioso.

«Ci insegnerai questa pozione?» chiesero le gemelle all'unisono.

«Mi avete appena vista prepararla, quindi fate del vostro meglio per ricordare», disse con un occhiolino.

CAPITOLO QUINDICI

Solo pochi minuti dopo che Beatrice era partita dal negozio, Liam arrivò per venirmi a prendere, facendomi sapere che la nonna di Annette era arrivata e si trovava a casa con la polizia. Per quanto desiderassi andarci immediatamente, Liam mi ricordò, ancora una volta, che l'obiettivo era farla calmare e la nostra presenza avrebbe potuto agitarla.

Non molto dopo, finalmente ci diedero il via libera per incontrarci alla stazione di polizia. Liam mi tenne la porta mentre entravamo nel vecchio edificio quadrato di granito. Anna Goodness alzò lo sguardo con un sorriso dalla reception.

«Non sta lavorando un po' più tardi del solito stasera?» chiesi, ricambiando il suo sorriso.

«È un turno serale per me». Premette un pulsante sulla sua scrivania e la porta accanto alla sala d'attesa emise un ronzio. «Voi due potete andare sul retro. Vi avverto, però, c'è un po' di folla là dietro».

Liam ed io camminammo verso il retro, passando davanti all'ufficio di Daniel fino a una sala conferenze in fondo al corridoio dove le voci filtravano nel corridoio. Quando entrammo nella stanza, cercai immediatamente Annette, solo per scoprire che non era lì.

Daniel era in piedi in un angolo, parlando con Noah. Nel frattempo, c'erano Alice, Lea e mia madre, insieme a Jacob, mio padre e il padre di Liam. Liam si allontanò per parlare con Daniel e suo fratello, mentre io andai dritta da mia madre.

«Dov'è Annette?» chiesi immediatamente.

«Oh, è con sua nonna. Sono già in viaggio verso l'aeroporto per tornare a New Orleans», mi spiegò mia madre.

«Non verrà arrestata per aver praticamente rapito Noah?» chiesi.

Alice sospirò e scosse la testa. «No, e lui sta bene. Credo che abbia trovato la cosa divertente. Povera ragazza, non è completamente a posto con la testa. Sua nonna giura che non è più la stessa da quando il suo fidanzato è morto in un incidente d'auto poche settimane prima del matrimonio».

«È successo circa sei mesi fa», aggiunse Lea. «Le persone fanno cose strane quando sono afflitte dal dolore».

Assorbii quelle parole, pensando che sarei stata devastata dentro se Liam fosse morto in un incidente d'auto. «Ho ancora la sensazione che non sappiamo tutto quello che è successo. Pensiamo davvero che sia riuscita in qualche modo ad arrivare sull'isola e che stesse chiamando gli uomini lì?»

Mia madre mostrò un sorriso. «In realtà sì. Prima di stregare Nathan, ha stregato un pescatore locale. Lo ha persuaso a portarla sull'isola ed è rimasta nella cabina di una barca accanto all'isola. Quella prima notte, ha davvero attirato lì le prime tre barche. Dopo di che, se n'è andata. Poi, ovviamente, quegli sciocchi uomini avidi hanno visto un'opportunità e ne hanno approfittato. Avevano una spiegazione bizzarra e casuale del perché le barche si schiantassero e un modo facile per truffare l'assicurazione. O almeno così pensavano».

Alzai gli occhi al cielo. «Sembra un sacco di lavoro distruggere la propria barca per fare un po' di soldi».

«Le truffe assicurative esistono da quando esistono le assicurazioni», disse Liam da sopra la mia spalla mentre si avvicinava. Si fermò accanto a me, chinandosi per premere un bacio sulla mia guancia. In qualche modo, anche adesso, quel piccolo punto di contatto mi mandò una scarica di elettricità.

Incrociai i suoi occhi proprio quando mi fece l'occhiolino. «Lo so. È solo che sembra tutto così ridicolo. Cosa pensava di fare?»

Nathan si avvicinò in quel momento, mostrando un sorriso imbarazzato. «Beh, credo che pensasse di rubarti il futuro sposo. Il problema è che ha scelto il bersaglio sbagliato. *Me*. Così nessun sciocco incantesimo d'amore è stato lanciato su Liam. Anche se sarebbe stato sicuramente divertente».

«Non credo che avrebbe funzionato», disse Lea con una risata.

«Non credi?» scherzò Liam, facendo scorrere il braccio sulla mia spalla per tirarmi contro il suo fianco.

Lea scosse fermamente la testa. «Assolutamente no. Non puoi battere il destino con un incantesimo».

Due settimane dopo, mi trovavo davanti a una piccola cappella di pietra, situata su un pendio in un campo al limitare di un bosco. Era incantevole. Da quando eravamo arrivati in Scozia giorni prima, la famiglia proprietaria del terreno su cui sorgeva questa cappella ci aveva spiegato che l'intera area era stata un tempo foresta con solo una piccola radura per la cappella. La cappella era stata costruita circa quattrocento anni fa.

Nei secoli successivi, parte della proprietà era stata disboscata per l'agricoltura. Ancora oggi, gran parte dell'area veniva utilizzata per l'agricoltura, sebbene questa cappella e altre sparse nella campagna scozzese fossero in gran parte preservate, con alcune ancora in uso settimanale. Questa in particolare veniva utilizzata occasionalmente per i matrimoni. La cappella era costruita con pietra color sabbia, e il sole che vi batteva contro le conferiva una calda tonalità in questo fresco pomeriggio estivo.

Il mio matrimonio si sarebbe celebrato tra poche ore, ed ero piuttosto nervosa. Anche se non mi consideravo troppo superstiziosa - cosa esilarante considerando che ero una strega - non riuscivo proprio a vedere Liam in tutto il giorno. L'avevo persino bandito dalla locanda dove alloggiavamo la notte scorsa.

Con le nostre due famiglie che si intromettevano in continuazione, avevano previsto questa eventualità. Gli uomini che partecipavano al matrimonio erano alloggiati in una locanda, e le donne in un'altra. Mi sembrava di essere tornata indietro nel tempo in questo villaggio scozzese. Sebbene il villaggio avesse tutte le comodità moderne, era ancora piuttosto piccolo. Con colline ondulate intervallate da foreste e adorabili cottage, la zona era davvero affascinante. C'erano persino pecore che punteggiavano il paesaggio.

Un'auto si fermò nell'area di parcheggio alla base della collina. Le portiere sbatterono e le voci arrivarono fino a me. Mia madre e un contingente di donne della stirpe Wicked e Good erano arrivate. A mia insaputa durante la pianificazione, avevano radunato parenti lontani dalle coste del Regno Unito e dell'Europa. C'era persino una trisavola presente che aveva partecipato all'ultimo matrimonio Wicked e Good in questa cappella tre generazioni prima. All'epoca era una bambina, ma era abbastanza grande da ricordarlo e ci aveva deliziato con storie durante la cena l'altra sera.

In pochi istanti, fui travolta dall'attività della giornata. Prima che me ne rendessi conto, l'ora del mio matrimonio era arrivata. Mi trovavo nello spogliatoio con Emma accanto a me, dando un'ultima occhiata allo specchio.

Non mi consideravo particolarmente vanitosa, ma sapendo che ci sarebbero state fotografie a profusione, dovevo apparire bene, o meglio ancora, incantevole. Il mio abito da sposa era di seta color crema e mi stava perfettamente. Era una semplice guaina con linee pulite. Il velo di pizzo mi scendeva a metà schiena. Per qualche miracolo, l'abito era straordinariamente comodo. La sarta mi aveva assicurato che il suo obiettivo principale nel suo lavoro era assicurarsi che ogni sposa si sentisse a suo agio nel proprio abito nuziale. Nel modificare l'abito di mia nonna per adattarlo a me, aveva raggiunto il suo obiettivo.

Mi diedi un'ultima occhiata. I miei capelli erano sciolti e trattenuti ai lati da due fermagli di perle per non cadere sul viso. I miei occhi verdi sembravano particolarmente luminosi. Le mie guance erano arrossate e lo erano state praticamente tutto il giorno per l'ansia di tutto quanto.

Il matrimonio era un'occasione importante anche nelle circostanze più casuali. Agli occhi della legge, ti legava strettamente a una persona in modi che presumevo molte persone non considerassero nemmeno in questa era moderna. Con pochi voti e un tratto di penna su una licenza matrimoniale, eri inestricabilmente legata legalmente a un'altra persona. Il concetto di nel bene e nel male assumeva proporzioni epiche.

Ero piuttosto sollevata di fidarmi implicitamente di Liam. Eppure ero ancora ansiosa. Gli eventi delle settimane precedenti a Charm Cove mi avevano lasciato una tensione interiore, e avevo iniziato a dubitare del concetto stesso di destino.

Alla fine, Annette era tornata a New Orleans e successivamente aveva chiamato per scusarsi. Considerando come il suo fidanzato era morto improvvisamente e tragicamente, potevo immaginare che ciò potesse far impazzire una persona. Era stata così colpita dal dolore che si era aggrappata a qualsiasi cosa potesse per cercare di sentirsi meglio. In qualche modo, si era convinta che forse c'era una ragione per la morte del suo fidanzato, qualcosa di diverso dalle casuali bizze del fato e della sfortuna.

Alice aveva tracciato il suo lignaggio, e si era scoperto che Annette era molto lontanamente imparentata con la famiglia Wicked. Qualcosa come una cugina di terzo o quarto grado, ma quel legame era diventato un filo di speranza per lei. Vi si era aggrappata nel momento della disperazione, in qualche modo convincendosi nel suo folle dolore che forse il suo fidanzato era morto perché lei era destinata a sposare qualcun altro.

Nel mondo moderno, ci sono poche storie di destino. Mentre nel mondo delle streghe e dei maghi, tali storie sono comuni. La storia del predestinato matrimonio Wicked e Good era un folklore ben noto nel mondo soprannaturale. Si univa ad altre, tutte vere. Non solo roba da pagine sbiadite in un libro.

Nel frattempo, quegli idioti di Windy Bay si erano intromessi nella situazione, cercando di fare soldi facili quando l'opportunità si era presentata con un motivo assolutamente ridicolo per danneggiare deliberatamente una barca. Stavano affrontando delle accuse, anche se non avrebbero fatto tempo in prigione. Non c'erano vere vittime oltre a loro stessi e le compagnie assicurative. E chi avrebbe provato compassione per una compagnia assicurativa? Di certo non io.

«Moira?» chiese Emma al mio fianco.

Volgendomi verso di lei, mi resi conto che la mia mente aveva vagato. «È ora?»

Emma era la mia damigella d'onore. La tradizione voleva che fosse un membro della famiglia. Era una cugina piuttosto alla lontana, ma eravamo cresciute insieme, quindi era appropriato.

Aveva mandato via tutti qualche minuto fa per darmi il tempo di respirare. Tra mia madre, le mie varie zie e le gemelle, le chiacchiere avevano riempito le mie orecchie mentre tutti si vestivano e mi agghindavano.

«Lo è. Sei pronta?»

Riuscii ad annuire, anche se all'improvviso il mio cuore batteva all'impazzata e l'aria sembrava mancare. «Uscirò io per prima. Aspetta due minuti, poi è il tuo turno. Tuo padre ti aspetta dall'altro lato del vestibolo.»

Riuscii a fare un respiro profondo e a lasciarlo uscire lentamente. Anche se avevo conosciuto il mio destino per tutta l'infanzia e avevo brevemente tentato di sfuggirgli, all'improvviso sembrava enorme. Speravo solo che io e Liam ci saremmo adattati con la stessa naturalezza con cui Lea e Jacob avevano fatto nella generazione prima di noi.

Suppongo che, in un certo senso, fossi fortunata. Non tutte le coppie destinate hanno il vantaggio di crescere nella stessa città della coppia precedente.

Emma si sporse e mi strinse in un abbraccio veloce, facendo attenzione a non rovinarmi i capelli o il velo. Quando si allontanò, sorrise. «Ce la puoi fare. È Liam, e tu lo ami. Il resto è solo contorno. Non importa cosa dica chiunque sul destino.»

Con queste parole, si voltò e se ne andò. Aspettai i due minuti stabiliti. Perché naturalmente Lea e Opal avevano calcolato al minuto quanto tempo ci avrebbe messo Emma per arrivare in fondo alla cappella.

Dopo un respiro profondo, presi i fiori e inutilmente aggiustai il velo un'ultima volta. Uscendo dalla porta della sala da toeletta, trovai mio padre in attesa. Aveva un aspetto molto elegante in un completo bianco e nero, perfettamente su misura. Con i suoi capelli argentati e gli occhi verde brillante, mio padre era invecchiato bene. Per me, comunque, era senza età e sembrava essere uscito dalle pagine del tempo. Si portava con un'eleganza signorile.

Sorrise, chinandosi per baciarmi la guancia prima di offrirmi il gomito. Infilai la mano proprio mentre l'organo iniziava a suonare. Le porte della piccola cappella si aprirono e guardai avanti per vedere Liam che aspettava in fondo.

Sorprendendomi, il mio cuore iniziò a battere forte e veloce nel petto, il momento mi trascinò con sé. C'era una chiesa colma fino all'orlo di streghe e stregoni di Charm Cove e parenti sparsi da tutto il mondo. Vagamente, mi venne in mente che c'era abbastanza potere qui dentro da creare un bel po' di guai.

Il mio ultimo pensiero fu che speravo che tutti si comportassero bene. Raggiunsi l'altare, e mio padre mi consegnò a Liam. La cerimonia prevedeva due fasi: un antico handfasting scozzese e i nostri voti formali. Accadde così in fretta che a malapena lo ricordo.

L'ultimo momento però fu vivido. Gli occhi di Liam erano su di me e il sacerdote intonò: «Ora puoi baciare la sposa.»

Opal ci aveva istruito che tutto doveva seguire il corso appropriato affinché il destino reggesse. A quanto pare, questo valeva fino al bacio. Per quello, aveva offerto con un occhiolino: «Siete liberi di farlo come preferite.»

Ricordo lo sguardo esuberante blu di Liam che incrociava il mio e poi si avvicinava, abbassando la testa per catturare le mie labbra con le sue. Le mie guance erano arrossate quando si allontanò. Tutta la mia ansia si dissolse dentro di me e un senso di giustezza si posò sulle mie spalle.

Quando lanciai il mio bouquet, finì per colpire Nathan al petto. Questo provocò molte risate.

Qualche settimana dopo, eravamo tornati a Charm Cove e ci stavamo sistemando nella vita da sposati ufficiale. Liam era impegnato a progettare quella che sarebbe stata la nostra casa su un terreno di sua proprietà a poco più di un chilometro lungo la scogliera dalla nostra casa di carrozza. Ghost aveva smesso le sue strane passeggiate sulla spiaggia, che presumevo fossero in qualche modo collegate ad Annette e a qualunque incantesimo da sirena avesse usato.

Il destino era stato raggiunto, o almeno qualcosa del genere. In un certo senso, avevo immaginato il fato come un fulmine che scendeva dal cielo per ricordarmi quanto fosse importante. Una volta accaduto, seguì la quiete.

———

Grazie per aver letto Siren Song Gone Wrong! Se desideri ricevere aggiornamenti sulle mie nuove uscite e altre notizie, iscriviti alla mia newsletter: subscribepage.io/J3tvfP

Per più malizia, magia e caos a Charm Cove, gira pagina per un'anteprima di Pumpkin Patch Murder, il prossimo libro della serie Wicked Good Mystery!

MOIRA WICKED

Le foglie autunnali fruscivano sulla strada sospinte da una raffica di aria fredda proveniente dall'Oceano Atlantico. Stavo andando a incontrare Liam per scegliere una zucca, o forse due, per Halloween. Celia e Delia, le mie cugine gemelle, mi accompagnavano ed erano determinate a trovarne fino a dieci per un concorso di intaglio di zucche alla scuola superiore.

I colori vivaci dell'autunno punteggiavano il cielo di Charm Cove, nel Maine, mentre i venti spazzavano via il calore dell'estate. Notai un bagliore rosa che lampeggiava nello specchietto retrovisore e guardai oltre la mia spalla.

«Cosa stai facendo?» chiesi con tono severo, lanciando un'occhiata a Delia nello specchio, la cui magia aveva sempre una sfumatura rosa qualunque cosa facesse. Per circa la millesima volta, ringraziai le stelle che la magia di Celia fosse intrisa di lavanda. Dato che erano gemelle identiche e stavano per compiere sedici anni, quelle due avevano un bel po' di malizia da diffondere. Aggiungici la magia, e bisognava essere cauti. Se la loro magia fosse stata identica come il loro aspetto, non sarei mai riuscita a capire chi avesse fatto cosa.

Delia ridacchiò, i suoi occhi azzurri che brillavano mentre si scostava i capelli scuri dalla fronte. «È stato un incidente. Stavo giocando con la mia bacchetta. Scusa, Moira», disse rapidamente.

Celia intervenne, «Stava cercando di lanciare un incantesimo su di me».

«Beh, finché è innocuo, non voglio rovinarvi il divertimento», dissi con tono ironico.

Ci fu un fruscio e altre risatine. Scossi la testa e sorrisi tra me e me. Di solito, avrebbero litigato per il posto davanti, ma una borsa gigante di zucchine lo stava occupando. Mia madre l'aveva portata questo pomeriggio, parte dell'ultimo raccolto della stagione dal suo orto.

Guardai fuori dal finestrino dove l'oceano si estendeva in lontananza. Stavamo guidando lungo la tortuosa strada costiera oltre il centro di Charm Cove. Vecchie fattorie e i rispettivi campi erano disseminati sul lato opposto della strada. Charm Cove era situata circa a metà della pittoresca e rocciosa costa del Maine.

«Non perdere la svolta», gridò Celia dal retro.

Guardando avanti, vidi il cartello per "Le Zucche di Peaches" poco più in là. Non c'erano pesche coltivate in questa fattoria, ma c'erano molte zucche. Il nome era un omaggio al soprannome di un'antenata che visse qui fino alla sua scomparsa. Si chiamava Peaches e coltivava zucche.

Svoltando sulla strada, vidi l'auto di mio marito in fondo insieme ad alcune altre. Ogni volta che pensavo a Liam come mio marito, un brivido mi attraversava. Eravamo sposati da più di due mesi ormai, ma la sensazione di novità non si era ancora esaurita.

Era una tradizione autunnale venire a trovare una zucca alle "Zucche di Peaches". Sebbene questo fosse ormai il terzo autunno da quando ero tornata a Charm Cove dopo alcuni anni di assenza, in qualche modo non ero ancora riuscita a ristabilire questa tradizione annuale.

L'entusiasmo delle gemelle era contagioso. Ispirate dall'imminente concorso di intaglio di zucche alla scuola superiore, erano guidate dal loro comune spirito competitivo. Mi aspettavo che iniziassero a diventare un po' più ciniche verso la vita, come spesso accade agli adolescenti. Sebbene fossero certamente birichine, e non dubitavo nemmeno per un secondo che ci fosse molto che non sapevo sulla loro vita sociale, portavano con sé una gioia di vivere che non sembrava affievolirsi nemmeno di fronte al cinismo.

Era tardo pomeriggio, con i raggi del sole che calavano bassi nel cielo. Un morbido color oro aranciato si diffondeva sul campo di zucche, facendo risplendere le zucche nel paesaggio.

Parcheggiata accanto all'auto di Liam, le gemelle stavano già scendendo prima che avessi persino avuto il tempo di spegnere il motore. Risi mentre le guardavo scappare verso il campo. Volevano fare foto alla zucca gigante che aveva vinto un premio alla fiera quest'anno. La stagione delle fiere era già arrivata, con Halloween che incalzava.

I capelli neri di Liam brillavano al sole mentre girava intorno all'auto per venirmi incontro, i suoi occhi blu che luccicavano con il suo sorriso. «Vedo che le ragazze hanno fretta», mormorò in segno di saluto mentre si chinava in avanti per posare un rapido bacio sulle mie labbra.

Sorrisi mentre si allontanava. «Certo che ce l'hanno. Sono mai senza fretta?» chiesi mentre mi giravo.

Liam prese la mia mano nella sua e la strinse mentre iniziavamo una passeggiata molto più lenta nel campo di zucche. Mio marito stregone ed io ci eravamo adattati rapidamente al matrimonio, il che era piuttosto conveniente visto che *dovevamo* sposarci.

«Ha chiamato il Municipio», commentò Liam.

«Intendi l'edificio?» chiesi con una risatina sommessa.

Lui ridacchiò. «No, intendo Anna Goodness. Ha detto che devi decidere se vuoi che il nostro certificato di matrimonio riporti il tuo cognome come Good o Wicked. Ripeto per chiarezza che *non* mi importa se mantieni il tuo cognome», disse.

Ero rimasta bloccata su questa decisione. Avrei potuto cambiare il mio nome in qualsiasi momento. Ma se volevo farlo con il certificato di matrimonio, c'era una scadenza, ed era la prossima settimana.

Liam Good ed io avevamo finalmente affrontato il nostro destino. Il nostro matrimonio era stato predestinato nelle stelle, o qualcosa del genere. Lui era uno stregone della famiglia Good, e io una strega della famiglia Wicked. C'era una storia, per così dire, tra le nostre famiglie. Qualche centinaio di anni fa c'era stata una specie di battaglia – una massiccia lotta di potere – e incantesimi maligni lanciati in tutte le direzioni. Per mantenere la pace, due matriarche decretarono che un Wicked e un Good dovessero sposarsi ogni generazione.

Sì, nell'anno 2019, queste cose accadevano ancora.

Abbiamo fatto il grande passo due mesi fa. Tutto era a posto nel mondo delle streghe, e dovevo prendere una decisione pratica sul mio nome.

«Visto che non riesco a decidermi, suppongo che resterò Wicked. Mi sembra strano essere chiamata Good. Sono stata Moira Wicked per tutta la vita».

Liam strinse nuovamente la mia mano mentre si fermava vicino a una grande zucca piuttosto rotonda. «È quello che pensavo, ma non volevo che tu tenessi in considerazione la mia opinione finché non avessi deciso».

Che il mio cuore si fermi. Amavo davvero quest'uomo e *questo* era incredibilmente conveniente. Sa il cielo, non volevo scherzare col destino. Sarebbe stato miserabile sposare Liam se non lo amassi.

«Chiamerò Anna domani e le dirò che se mai cambierò idea, presenterò nuovi documenti». Guardando verso Liam, seguii il suo sguardo verso la zucca. «Sembra che ti piaccia quella zucca», aggiunsi.

«Beh, è abbastanza rotonda, non credi?» rispose.

La zucca era, in effetti, molto rotonda. «Questa è decisamente una bella zucca», osservai, alzando lo sguardo verso Liam.

«Quante ne prendiamo?» chiese lui.

«Penso due. Una per ogni lato della scalinata d'ingresso».

Si chinò, staccando con attenzione il gambo dalla zucca e sollevandola. La teneva sotto un braccio, allungando l'altra mano per prendere la mia mentre si girava.

Proprio in quel momento, una delle gemelle urlò. Le loro voci erano così simili che all'inizio non capii chi fosse stata.

Ci voltammo di scatto per vedere Delia in un'area del campo e Celia che correva verso di lei, urlando.

«Che succede?» gridai verso di loro.

Liam lasciò la mia mano e si diresse di corsa verso le gemelle, con me che lo seguivo. Con le sue gambe più lunghe arrivò più velocemente. Ci incontrammo tutti qualche fila più in là.

«Che sta succedendo?» sentii Liam chiedere.

Celia si fermò di colpo, con le guance rosse e gli occhi spalancati. Sembrava davvero spaventata. «C'è una persona morta!»

Delia urlò: «Cosa?!»

«Dove?» chiese Liam con calma.

Celia gesticolò freneticamente dietro di sé.

Stavo già tirando fuori il telefono. «Dobbiamo chiamare subito Daniel se c'è un cadavere».

Mentre chiamavo Daniel, Liam si diresse verso il punto indicato da Celia. Lo seguii.

Celia *non* voleva tornare dove aveva trovato il cadavere e rimase ferma, cercando la mano della sorella. Sebbene la curiosità di Delia fosse chiaramente difficile da contenere, la paura ebbe la meglio e rimase accanto alla gemella. Le loro mani erano strette saldamente mentre ci guardavano attraversare il campo.

Anna Goodness, proprio la donna che aveva chiamato per il nostro certificato di matrimonio, rispose alla mia chiamata. Anna era la centralinista e receptionist della stazione di polizia e si occupava anche di compiti amministrativi al municipio di Charm Cove.

«Moira, cosa posso fare per Lei?»

«So che non ho chiamato il numero di emergenza, ma è un'emergenza. Siamo da Peaches' Pumpkins, e una delle gemelle ha visto un cadavere. Oh mio Dio, c'è *davvero* un cadavere», esclamai non appena vidi il corpo nella fila successiva, oltre il punto in cui mi ero fermata accanto a Liam.

«Va bene, rimanga in linea con me. Sto già mandando un messaggio a Daniel e a chiunque altro sia di turno per incontrarvi lì. Qualcuno ha avvisato i proprietari?» chiese Anna.

«No, lo dirò alle gemelle. Un attimo». Allontanando il telefono dalla bocca, chiamai: «Ragazze, andate all'ufficio e avvisate del vostro ritrovamento».

Il mio stomaco si contorceva. Non ero esattamente impaziente di vedere più da vicino il cadavere. Liam entrò nella fila successiva e io lo seguii, guardando entrambi verso il basso. Riconobbi immediatamente il volto dell'uomo.

«Mi dica tutto quello che riesce a vedere», disse Anna, con tono pragmatico e professionale.

«Beh, è Vernon Smitty», dissi.

Vernon era sposato con Tanya Smitty, un'insegnante del liceo di Charm Cove nota per essere eccessivamente severa. Non conoscevo molto bene Vernon. La famiglia Smitty era a Charm Cove da secoli. Tuttavia, nessun membro della famiglia era strega o stregone, ed erano molto sospettosi riguardo alle voci sul soprannaturale.

Liam si chinò, guardandosi alle spalle dopo un momento. «Sembra che qualcuno l'abbia colpito alla testa».

Ripetei questo ad Anna. Vernon era circondato da zucche, eppure sembrava ne avesse scelta una perché era l'unica tagliata dal gambo e giaceva proprio vicino al suo braccio piegato, come se l'avesse stretta a sé. Proprio come Liam stava tenendo la zucca che avevamo scelto.

«Daniel sta arrivando e avrà dei rinforzi con sé. La terrò in linea. Mi dica se ha bisogno di qualcosa. Nel frattempo, scriverò tutto quello che mi ha detto», disse Anna.

Potevo sentire il distinto clic quando mi mise in vivavoce e il suono delle sue dita che volavano sulla tastiera. Le voci attraversavano il campo di zucche. Voltandomi, vidi le gemelle con i proprietari di Peaches' Pumpkins che si affrettavano verso di noi attraverso il campo.

Non saprei dire perché, ma in qualche modo percepivo che questo cadavere non aveva nulla a che fare con la magia, e tutto a che fare con i guai.

1-Click: Pumpkin Patch Murder

Se desideri aggiornamenti quando ho nuove uscite e altre notizie, iscriviti alla mia newsletter: subscribepage.io/J3tvfP

I MIEI LIBRI

Grazie per aver letto questa storia! Spero che tu abbia apprezzato la magia. Se è così, ecco alcuni modi per aiutare altri lettori a trovare i miei libri.

1) Scrivi una recensione!

2) Iscriviti alla mia newsletter, per ricevere informazioni sulle nuove uscite: subscribepage.io/J3tvfP

3) Metti "Mi piace" alla mia pagina Facebook su https://www.facebook.com/lucymayauthor/

———

Serie Wicked Good Mystery

Destiny's A Witch

Hex Me Not

Spells & Silver Bells

The Great Maple Caper

Oopsy Daisy

Siren Song Gone Wrong

Pumpkin Patch Murder

Serie This Good Witch Mystery

Wish Upon A Witch
A Stormy Spell
A Stitch of Magic
Bee Charmed
Lemon Tea Cozy Mysteries
Witch You Wouldn't Believe
A Spell to Tell
Witch is When it Gets Crazy

Lucy May ama il caffè, i cani, cucinare e scrivere. È una meridionale fuori posto che vive nel Maine. Ha imparato ad apprezzare le quattro stagioni, ma sente ancora nostalgia delle pigre estati del sud. Le piace pensare che in un'altra vita potrebbe essere stata una strega e crede ancora nella magia. Trascorre il suo tempo creando storie paranormali sciocche, sarcastiche e sensuali.

Facebook